RAINHAS GEEK

JEN WILDE

RAINHAS GEEK

Tradução
Débora Isidoro

Planeta

minotauro

Publicado em acordo com Feiwel and Friends, uma marca do Macmillan Publishing Groud, LLC.
Título original: *Queens of Geek*

Preparação: Renata Lopes Del Nero
Revisão: Amanda Oliveira e Barbara Parente
Projeto gráfico e diagramação: Abreu's System
Capa: Adaptada do projeto original de Liz Dresner
Imagem de capa: Melissa King / Shutterstock

DADOS INTERNACIONAIS DE CATALOGAÇÃO NA PUBLICAÇÃO (CIP)
ANGÉLICA ILACQUA CRB-8/7057

Wilde, Jen
Rainhas geek: três amigos. Duas histórias de amor. Uma convenção/ Jen Wilde; tradução de Débora Isidoro. -- São Paulo: Planeta do Brasil, 2018.
256 p.

ISBN: 978-85-422-1337-9
Título original: Queens of Geek

1. Ficção australiana 2. Amizade – Ficção 3. Amor – Ficção I. Título II. Isidoro, Débora

18-0703 CDD A823

2018
Todos os direitos desta edição reservados à
EDITORA PLANETA DO BRASIL LTDA.
Rua Padre João Manuel, 100 – 21º andar
Ed. Horsa II – Cerqueira César
01411-000 – São Paulo-SP
www.planetadelivros.com.br
atendimento@editoraplaneta.com.br

PARA OS ESQUISITOS, OS GEEKS E AS RAINHAS DE FANDOM.
PARA OS EXCLUÍDOS, OS DESAJUSTADOS E TODOS ENTRE OS DOIS GRUPOS. OS DIAS DE COADJUVANTE ACABARAM. AGORA VOCÊS SÃO OS SUPER-HERÓIS. VOCÊS SÃO DOS MEUS, E ESTE LIVRO É PARA VOCÊS.

CAPÍTULO 1

TAYLOR

— É ISSO, PESSOAL — DIGO QUANDO NOS APROXIMAMOS. — TUDO COM o que sempre sonhamos. Este é nosso cálice sagrado.

Charlie, Jamie e eu estamos diante dele e lado a lado, com lágrimas nos olhos enquanto admiramos sua beleza indescritível.

— Nossa Disneylândia — acrescenta Charlie, os cabelos cor-de-rosa esvoaçando levemente na brisa quente.

Jamie assente com um sorriso largo se espalhando pelo rosto.

— Nossa Graceland. Não acredito que estamos realmente aqui.

Cada um de nós inspira profundamente.

— A gente realmente merece tanto? — pergunto.

Corajosa, Charlie dá um passo à frente.

— Sim. Merecemos.

Quando falamos, é num sussurro, como se o próprio nome devesse ser reverenciado:

— SupaCon.

Damos os últimos passos em direção ao prédio.

Multidões de cosplayers fazem filas nas entradas.

Sorrio para os que olham para mim.

Passamos pelo Batman posando para uma foto com Groot, Jessica Jones andando de mãos dadas com Michonne, e Goku atrás do Darth Vader na fila para comprar café. Uma menininha vestida de Capitão Malcolm Reynolds corre em direção a um grupo de cosplayers de Marty McFly e pede para ver seus hoverboards.

Minhas almas gêmeas geek.

— Durante anos — digo quando nos aproximamos —, seguimos os posts de estranhos sobre a SupaCon no outro lado do mundo. E agora estamos aqui.

— Charlie! — Uma mulher de cabelo loiro e cacheado anda apressada na nossa direção, acenando e sorrindo.

— Ah, oi! — Charlie se anima e a abraça. Ela gesticula para nós. — Estes são os amigos dos quais falei: Taylor e Jamie. Pessoal, esta é minha nova empresária, Mandy.

— Oi — Jamie diz com seu sorriso estelar.

Eu aceno com a cabeça.

— Oi.

— Ei, bem-vindos à SupaCon! Como foi o voo?

— Longo — responde Charlie. — Quando você chegou?

— Ontem. Tive que organizar algumas coisas. — Ela começa a revirar a bolsa. — Tenho três ingressos, mas só consegui um VIP para você. Seus amigos vão ter que ficar nas áreas para o público enquanto você faz suas participações publicitárias.

O sorriso de Charlie desaparece, ela olha para Jamie e para mim como se pedisse desculpas.

— Mandy, não dá pra fazer nada? Talvez ligar para o estúdio e dizer que os dois são da minha equipe. Preciso deles.

Mandy balança a cabeça lentamente.

— Desculpa, todos os ingressos VIP foram reservados há meses. Não tenho influência para conseguir mais nada. Posso colocar vocês pra dentro agora sem fila, mas se quiserem participar dos painéis ou sessões de autógrafos, vão ter que entrar nas filas como todo mundo.

Meus ombros ficam tensos e as mãos começam a gelar. Pensar em passar os próximos três dias em filas com centenas de pessoas me faz suar frio. Evitar as filas era uma das vantagens de vir com a Charlie.

Sentindo meu pânico silencioso, Jamie me oferece um sorriso reconfortante.

— Está tudo bem, Tay. — Ele se inclina, os olhos castanhos olhando para mim emoldurados por cílios escuros. — Pelo menos não precisamos nos preocupar com as fãs da Charlie pulando em cima da gente em todos os lugares aonde formos.

Empurro meus óculos de armação preta e grossa e desvio o olhar, preferindo me concentrar nos tênis Converse.

— Ok.

Mandy me observa curiosa, os olhos se movendo entre mim e Jamie, parando em mim.

— Adorei seu cosplay! Rainha Firestone, não é?

— Isso! — Sorrio alisando o casaco.

Nunca tinha feito cosplay, mas não resisti à chance de me vestir como minha heroína literária para a SupaCon. Olho para a minha roupa e fico satisfeita. Arrasei. Sobretudo preto por cima de uma regata e jeans cinza para dentro das botas Doc Martens, eu *sou* a Rainha Firestone. Também estou tremendo de nervoso, mas agora que estou aqui, valeu a pena. Valeu a pena trocar de roupa no banheiro do avião para podermos deixar as malas no hotel antes do check-in e ir direto para a SupaCon.

Charlie sorri orgulhosa e coloca a mão nas minhas costas.

— Ela até costurou o brasão da coroa nas costas! Vire-se, TayTay!

Solto a mochila no chão e me viro desajeitada, mostrando o trabalho manual.

— Isso é demais! — diz Mandy. — Eu amo esses filmes. Mas ainda não li os livros.

Arregalo os olhos.

— Você tem que ler! São os melhores livros que já foram escritos! Eles mudaram minha vida. Os filmes também são maravilhosos, mas é nos livros que a verdadeira magia acontece.

Ela ri do meu entusiasmo, depois bate palmas.

— Legal. Prontos pra entrar? Vamos!

Nós a seguimos pelo meio da multidão, a caminho da parte de trás do prédio. Três seguranças com os braços do tamanho de bazucas guardam uma porta com uma placa anunciando: RESTRITO – ENTRADA DE FUNCIONÁRIOS.

Mandy mostra a eles o crachá pendurado no pescoço, e os guardas nos deixam entrar com um olhar intimidante. Seus saltos fazem barulho no chão de concreto do corredor estreito. Dá para ouvir o ruído da multidão do outro lado da parede. Eu sou uma mistura de excitação, vertigem e antecipação. São muitos painéis para ver, autógrafos para pegar e brinquedos pop para comprar, e apenas alguns dias para fazer tudo. Bato o polegar nos outros dedos ansiosamente e tento usar mentalmente a Força para fazer Mandy andar mais rápido – quanto mais rápido entrarmos, mais itens da nossa lista de desejos na SupaCon serão riscados.

Eu cutuco Jamie com o cotovelo.

— Não consigo acreditar que estamos aqui!

Ele tira a tampa da lente da câmera e acena com a cabeça.

— Eu sei. Isso é loucura!

Duas semanas atrás, estávamos na escola.

Eu usava meu pesado uniforme de inverno de tecido irritante, saia comprida, meias até o joelho e gravata. Charlie, Jamie e eu ficávamos encolhidos na biblioteca fria, estudando para os exames de meio de ano. Melbourne era chuvosa, fria e sombria.

Agora estamos em San Diego, nos Estados Unidos, no meio do verão, na convenção de cultura pop mais famosa do mundo.

E tudo graças à Charlie, seu canal no YouTube com três milhões de seguidores e o filminho indie australiano que ela estrelou e agora está se tornando o sucesso do ano.

— Então — diz Mandy, olhando para nós enquanto anda —, vocês dois cresceram com a Charlie?

— Sim. — Não sou de falar muito com pessoas que acabei de conhecer.

Jamie dá de ombros e inclina a cabeça para o lado.

— Mais ou menos. Eu nasci em Seattle. Mas minha mãe arrumou um emprego em Melbourne há quatro anos, então eu moro lá.

Mandy diminui o ritmo para caminhar ao lado dele.

— Ah, bem-vindo de volta aos Estados Unidos!

— Obrigado. É bom estar de volta.

Charlie o enlaça com um braço e olha para Mandy.

— Não acredite nesse sotaque americano. Esse cara agora é um australiano de verdade. Não é, Tay?

— É. — Começo a entoar "Um de nós, um de nós", e uma risada brota de mim, seguida por um ronco involuntário.

Eu sou a Rainha de Todos os Esquisitos.

Mandy sorri, mas olha para mim como se eu fosse de outro planeta.

— E como se conheceram? Na escola?

— Sim — diz Charlie. — A gente vai se formar em breve. Quando você me contou sobre o convite para a SupaCon, decidimos fazer uma viagem épica, só nós três. É meu presente de formatura para todos nós. Tipo uma comemoração de pré-formatura.

— E uma preparação para o ano que vem — acrescenta Jamie. — Quando vamos morar juntos em Los Angeles. Charlie vai ser uma grande estrela, enquanto Tay e eu vamos estudar muito.

Ele pisca para mim, e sinto minhas bochechas quentes.

— Charlie me contou tudo sobre os planos para Los Angeles — diz Mandy. — Vou trabalhar duro para garantir que ela se torne uma grande estrela. — E olha para Jamie. — Pensei que vocês fossem mais velhos. Não parecem alunos do ensino médio.

Acho que o comentário foi para o Jamie, porque sei que pareço exatamente uma aluna do ensino médio. As pessoas sempre acham que tenho bem menos que dezoito anos. Acho que é porque sou baixinha, roliça e tenho olhos grandes e inocentes. Ou talvez seja meu entusiasmo por toda a cultura pop. Ou minha eterna timidez. Ou tudo isso junto.

Para mim, Charlie também parece ser uma garota de dezoito anos. Ela é muito mais alta que eu, magra, tem cabelo cor-de-rosa e usa uma camiseta do jogo *The last of us*.

Mas eu não posso culpar Mandy por pensar que Jamie é mais velho; ele já tem uma sombra escura no rosto por não se barbear desde que saímos de Melbourne. Junte a isso a estatura elevada e o cabelo castanho-escuro todo bagunçado (graças ao longo voo sobre o Pacífico), e ele poderia passar por alguém de vinte e um anos tranquilamente.

Ele montou um Peter Parker completo, inclusive com a câmera pendurada no pescoço.

Observo Mandy de canto de olho e tento descobrir quantos anos ela tem. Quando Charlie me contou que tinha uma empresária, imaginei uma mulher de meia-idade de calça social com um celular permanentemente na mão. Mas Mandy é jovem, deve ter uns trinta e poucos anos, e está vestida com uma camiseta do *Vampire diaries* sob uma camisa xadrez azul. O cordão do crachá em seu pescoço tem o logotipo da SupaCon: um círculo azul com SC no meio.

Ela para diante de uma porta.

— Jamie e... desculpa, como é seu nome mesmo?

— Taylor — respondo. Não me ofendo por ela ter esquecido meu nome. Sou a garota que ninguém nunca nota. Não de um jeito "ah, aquela coitadinha excluída e sem graça". Não fico triste por isso. Sou invisível por opção. Minha mãe me chama carinhosamente de Pequena Srta. Introvertida e, embora minha irmã mais nova às vezes brinque dizendo que as festas são minha kriptonita, gosto de ficar afastada observando as pessoas.

— Taylor, isso, desculpa. Vocês dois podem entrar na área principal por aqui. Charlie, temos que ir para seu primeiro evento.

Charlie assente e me dá um grande abraço de urso.

— Divirtam-se vocês dois!

— Nós vamos nos divertir — digo.

— Eu mando uma mensagem quando terminar.

Jamie e eu passamos pela porta para o mar de gente. Eu inspiro profundamente.

— Uau.

O dia mal começou, e o lugar já está cheio. Nunca vi tanta gente na minha vida. As escadas rolantes mais próximas estão repletas de cosplayers que parecem tão espantados como eu. Corredores de estandes se estendem pelo piso, e o ruído constante de vozes ecoa entre o teto alto e as janelas largas que inundam o local de luz natural. Li on-line que mais de cem mil pessoas passaram por aqui no ano passado, e vendo hordas de fãs se moverem a meu redor andando ombro a ombro penso que esse número vai ser superado facilmente.

Um sorriso lento surge no rosto de Jamie.

— Aqui estamos — ele diz com uma voz sinistra e melodiosa, como a da garotinha de *Poltergeist*, um de seus filmes favoritos.

— Ok — respondo. — Isso é uma coisa enorme para nós. Quem sabe se algum dia vamos voltar? Então, vamos fazer uma promessa para nós mesmos. — Viro para ele e me obrigo a fazer contato visual. — Este fim de semana vai ser diversão o tempo todo. Sem preocupação. Sem reclamação. Sem estresse. Só diversão, coisas de geek e fandom. Combinado?

— Combinado. — Ele estende a mão, e eu a aperto. — Por mim, ótimo. Tudo que quero fazer neste fim de semana é conhecer Skyler, comprar revistas em quadrinhos e curtir essa coisa geek.

Dou risada. Nós dois sabemos que a promessa foi mais por mim do que por ele. Não é Jamie quem se preocupa, sou eu. Mas estou decidida a fazer os próximos quatro dias serem diferentes de todos os outros.

Deslizo os polegares sob as alças da mochila e a levanto um pouco.

— Prioridades — digo com um sorriso inocente. — Preciso entrar no Tumblr e contar ao fandom que estou aqui. Depois temos que achar a fila para a sessão de autógrafos da Skyler Atkins.

RAINHADEFIRESTONE:

Gente! GENTE! Estou nos Estados Unidos!

SupaCon, estou AQUI!

Estou com um superjet lag, mas tão animada que, provavelmente, vou passar dias sem dormir mesmo!

Mal consigo acreditar.

É a primeira vez que saio do país. Fiquei tão nervosa no aeroporto, com a segurança e toda a burocracia, que tive uma crise de ansiedade fodida. E só eu me sinto assim? Tipo, todo mundo parecia muito tranquilo.

Às vezes vejo pessoas no supermercado ou em algum outro lugar comum, sorrindo e conversando alegremente com estranhos sem ficar tensas ou desconfortáveis, e só quero perguntar como fazem isso. Como conseguem fazer tudo que precisam fazer e sair, ser humano sem sentir o peso disso tudo as esmagando no esquecimento? Não vou a lojas sozinha; fico atordoada. Pagar é a pior parte; sou tímida demais para conversar com os caixas. Pensar nisso já é exaustivo.

Estou sempre observando, tentando aprender a ser um ser humano adulto olhando os outros, e me admiro constantemente com como algumas pessoas fazem tudo isso parecer fácil. E então tenho certeza de que tem algo errado comigo por não conseguir fazer coisas normais e fáceis com a mesma facilidade.

Já escrevi demais. Vou parar agora.

Enfim, só queria contar para vocês. Agora vou conhecer Skyler na sessão de autógrafos! Ahhhhhhh!

Aqui vai um gif de Skyler sendo adorável.

#RainhaFirestone #SupaCon #gif #SkylerÉAmor
#UmaRainhadeVerdade

CAPÍTULO 2

CHARLIE

DEPOIS DE NOS DESPEDIRMOS DE TAY E JAMIE, MANDY E EU SEGUIMOS pelo corredor. Entramos em um grande elevador de carga que nos leva a uma sala espaçosa e redonda cheia de funcionários da SupaCon e convidados famosos.

— Esta é a sala verde — diz Mandy. — Todos os convidados vão passar o fim de semana inteiro entrando e saindo daqui, entre painéis, sessões de autógrafos, almoços e tudo que estiver acontecendo. — Seu celular vibra, e ela se afasta um pouco para atender à ligação.

Olhando discretamente para os famosos na sala, ando pelo fundo do espaço em direção à mesa de lanche, coberta de doces e bolos. Em todos os lugares para onde olho, vejo heroínas e galãs de Hollywood, vampiros e caçadores da televisão e outras estrelas do YouTube. Alguns estão sentados em torno de mesas, enquanto outros se reúnem em grupos, trocando histórias e rindo juntos. Um rosto em especial chama minha atenção.

Uma menina baixinha com camiseta do staff da SupaCon se aproxima para deixar outra caixa de rosquinhas sobre a mesa de comida, e eu a cumprimento com um sorriso.

— Oi — digo, ainda olhando para o rosto familiar do outro lado da sala. — Aquela ali é Alyssa Huntington?

A menina olha para trás e balança a cabeça.

— É, sim! Ela veio promover um novo filme.

Tento não encarar Alyssa, mas a tentativa é um fracasso monumental.

— É muito estranho vê-la pessoalmente. Tenho assistido aos vídeos dela há anos. Alyssa é uma das razões pra eu ter começado a fazer um vlog.

A voluntária me dá uma olhada de lado e passa a mão na nuca.

— É engraçado o que você acabou de dizer, porque tenho assistido aos *seus* vlogs há anos! Sou sua fã. E também adorei *The Rising*.

Não costumo ser reconhecida por fãs, por isso sou pega de surpresa.

— Ah, muito obrigada!

Ela olha em volta antes de se inclinar.

— Sabe, acho uma pena você e Reese...

Eu me encolho por dentro.

— Ah, está tudo bem.

— Ele realmente te traiu? Ou já tinham terminado quando aquelas fotos foram tiradas?

Todo meu corpo fica tenso. Pego uma rosquinha e mordo com força excessiva, machucando a mandíbula. Mastigo bem devagar esperando que ela mude de assunto antes de eu ter que responder à pergunta. Ela não muda, então eu engulo, desvio o olhar e digo:

— Hum, a gente pode falar sobre outra coisa?

Ela abre a boca e levanta as sobrancelhas.

— Ah, meu Deus, desculpa. Eu não sabia... Ainda é apaixonada por ele?

Aceno como se não fosse importante e balanço a cabeça.

— Não, não sou. Com certeza não. É só que... isso é pessoal. E eu espero que a SupaCon seja um jeito de mostrar a todos que estou bem, que segui em frente, sabe?

Ela balança a cabeça e coloca a mão no meu ombro.

— Eu entendo. Que bom pra você.

Olho em volta procurando a Mandy e a vejo em pé perto de uma janela, mandando mensagens no iPhone com uma expressão preocupada. Peço licença e vou falar com ela.

— Tudo bem, Mandy?

Ela olha para mim e comprime os lábios.

— Aham.

Levanto uma sobrancelha.

— Tem certeza?

— Tenho.

Chego perto da janela e olho para a multidão cada vez maior lá fora.

— Isso vai ser uma loucura — digo. — Mal posso esperar pra finalmente conhecer os fãs. Quantas pessoas você acha que estarão na sessão de autógrafos hoje?

Mandy pigarreia, eu viro e a vejo olhando para mim com a testa franzida.

— Mandy, sério. O que está acontecendo?

Ela suspira e guarda o celular na bolsa.

— Houve uma mudança de planos.

— Como assim?

Nenhuma alteração de planos poderia ser tão ruim.

Estou na SupaCon. Nada pode estragar este momento.

— Reese deveria ter começado a filmar o novo filme na semana passada, mas o início foi adiado. E aí… ele está vindo. Pra cá. Pro painel. Chega amanhã de manhã.

— Ah.

Eu estava enganada.

Tem uma coisa que poderia estragar a SupaCon, mesmo para mim.

Reese.

Inspiro profundamente e cruzo os braços.

— Bem, acho que a gente ia acabar se vendo em algum momento. Melhor tirar isso da frente logo.

Mandy está com os ombros tensos, e morde o lábio inferior.

Eu suspiro.

— O que foi?

— O estúdio quer que vocês finjam que voltaram. Só até os primeiros resultados de bilheteria. Ainda é a semana de estreia, e eles acham que uma retomada do amor de vocês vai ser um grande impulso para os números, com todos esses fãs devastados com o rompimento.

Minha risada é sarcástica.

— E o que eu tenho que fazer? Fingir que ainda estou apaixonada pelo cara que acabou comigo?

Mandy olha para mim com ar de súplica.

— Eu sei que não é um pedido justo…

— Não, não é. — Estou furiosa. — Eu não sou uma peça num cenário para os executivos do estúdio colocarem onde querem quando precisam de um romance entre colegas de cena. — Tento falar tranquilamente. A última coisa que quero é parecer uma diva gritando com a empresária na frente de todos os meus colegas.

Mandy assente solidária, mas sua cara me faz perceber que ela já disse tudo isso para eles.

— O que acontece se eu disser não?

— Eles ameaçaram te substituir na sequência.

Desabo em um sofá próximo e cubro o rosto com as mãos. Não consigo me lembrar de um momento em que tenha me sentido mais furiosa.

— O que acha que eu devo fazer?

Mandy pensa por um momento, depois olha nos meus olhos.

— Acho que *The rising* é sua grande estreia no cinema. Ninguém esperava que um filminho indie australiano fizesse tanto sucesso. Acho que perder tudo isso poderia colocar sua carreira em risco. E com Reese fora da sequência, você é a protagonista. Isso é enorme.

Solto um gemido longo e exasperado.

— Mas — ela continua, encostando-se à janela e ajeitando a camiseta — também acho que tem o talento e a força dos fãs para se manter na sequência, apesar do que diz o estúdio.

Relaxo os ombros.

— Obrigada.

Ela sorri com os lábios unidos.

— Eu vou ligar para eles e avisar que você não aceitou encenar o romance.

Olho nervosa para Mandy enquanto ela fala baixinho – e dura – pelo telefone.

Mando uma mensagem para Taylor e Jamie no nosso grupo.

Charlie: Reese chega aqui amanhã.

Taylor: Sério? Afe. Não se preocupa, cara. Não torna tudo menos incrível por causa disso.

Charlie: UGH. Isso é uma droga. A SupaCon era pra ser MEU momento. Eu ia provar pra todo mundo que estou bem sem ele. Todo mundo ia ver quanto eu sou impressionante e perceber que não preciso estar pendurada no braço dele. As pessoas iam parar de sentir pena de mim e de me perguntar sobre Reese. Eu ia arrasar!

Taylor: Você ainda pode arrasar! Não vai só sair da sombra dele, vai explodi-la em pedacinhos! BUM!

Jamie: Isso! Explode! E lembra: não deixe que ele bagunce sua cabeça.

Taylor: Isso. Se ele bagunçar sua cabeça, eu bagunço a cara dele.

Mandy desliga o telefone e se aproxima de mim.

— Como foi? — pergunto, notando os lábios comprimidos e como ela evita me encarar.

— Eles ficaram desapontados. Mas sabem que precisam de você, eles vão superar.

— Não fui demitida?

Ela balança a cabeça.

— Não. Não foi. Mas eles pediram para você ser educada e civilizada com o Reese.

Claro que pediram. Ninguém pode perturbar Reese Ryan – um ímã de público com cabelos loiros e ondulados de surfista, olhos azuis e um sorriso que faz as meninas do mundo todo ficarem malucas.

Reviro os olhos.

— Então ele pode ser tão babaca e machista quanto quiser, e eu tenho que fazer a acompanhante doce e piscar com ar inocente para as câmeras de vez em quando, e eles vão ficar felizes.

Mandy deixa cair os ombros e balança a cabeça.

— Basicamente isso.

A frustração me faz ranger os dentes e cerrar os punhos.

— Isso é muito frustrante. Já faz seis meses, e as pessoas ainda me veem como a *ex* dele.

— Tudo isso vai passar. Especialmente depois que a série estrear.

Mandy sorri e eu sorrio de volta para ela.

— Obrigada por me defender.

— Estou aqui pra isso. Não se preocupe com o Reese. Vai ser só um dia, na verdade. Você só vai ter que encontrar com ele no painel, provavelmente.

Assinto. Isso faz eu me sentir um pouco melhor.

Pelo menos tenho hoje para aproveitar a convenção e me divertir com meus fãs.

Alguém toca no meu ombro, eu me viro e vejo Alyssa Huntington sorrindo para mim. Deixo escapar uma exclamação sufocada de espanto e me arrependo imediatamente.

Vejo o reconhecimento nos olhos dela.

— É você! Charlie! — Ela aponta para mim, e tento não explodir por ela saber quem sou eu. Podemos frequentar os mesmos círculos on-line, mas sempre me vi na periferia do estrelato do YouTube, enquanto Alyssa é o centro dele. — Achei que era você. Seu cabelo está diferente. Mas é incrível!

— Obrigada! Sim, eu tingi recentemente. — Sinto que minhas bochechas estão da mesma cor do cabelo cor-de-rosa. Ainda estou me acostumando com ele. — Eu também amo seu cabelo!

Ela passa a mão na cabeça raspada.

— Obrigada! Eu fiz isso para o filme novo.

Tento pensar em alguma coisa para dizer e manter a conversa fluindo, mas não encontro nada. Meu cérebro parou. Tive fanart dessa garota na parede do meu quarto durante três anos, desde que ela estreou na websérie *Venus soaring* quando tinha dezoito anos. Tay até escreveu uma fanfic da Alyssa Huntington para mim. Vi todos os vídeos dela dezenas de vezes, desde os collabs engraçados com outras estrelas do YouTube até as entrevistas profundas com mulheres que se destacam nos campos da ciência, tecnologia, engenharia e matemática e ativistas políticos.

Agora ela está bem na minha frente, sorrindo como a pessoa mais doce do mundo. E eu estou muda.

— Adoro seu canal — digo. — E o vídeo que você criou sobre feminismo interseccional me deixou maluca. Minha melhor amiga Tay e eu vimos esse vídeo umas mil vezes.

Ela sorri radiante.

— Obrigada. Fui muito atacada por causa desse vídeo, por isso é realmente importante quando alguém me diz que aprendeu com ele.

Balanço a cabeça.

— Sério, você fez muito por mim. Você me inspirou a me posicionar. Eu nunca teria começado o canal se não fosse por você. Faz anos que você é meu ídolo.

Penso se não estou exagerando, mas seu sorriso largo afasta minhas preocupações.

Uma pessoa do staff da SupaCon se aproxima de Alyssa.

— Vamos começar em dois minutos.

— Tudo bem, obrigada — ela responde. A pessoa se afasta, e Alyssa olha para mim. — Tenho que ir, mas a gente precisa se encontrar enquanto está aqui. — Ela faz uma pausa, inclina a cabeça para o lado e acrescenta: — Aliás, e o Reese? Vi o trailer de *The rising*. Vocês estão ótimos.

Eu hesito. Não sei como responder.

Ela está perguntando porque realmente quer saber do Reese? Ou quer saber se Reese e eu ainda estamos juntos? Ela tem uma namorada? Normalmente acompanho as fofocas sobre sua vida amorosa, mas posso ter perdido alguma coisa.

Todas essas perguntas passam por minha cabeça e me deixam paralisada, sorrindo como uma idiota enquanto ela espera eu responder.

— Hum — começo. — Reese está bem, acho. Mas terminamos há seis meses.

— Ai, meu Deus, desculpa! Ouvi dizer que tinham voltado.

Eu assinto.

— É, essa história circula uma vez por mês, pelo menos.

Ela abre a boca para dizer alguma coisa, mas o membro do staff avisa que é hora de ela começar seu painel.

— Merda — ela resmunga. — Tenho que ir. Mas a gente se vê, não é?

Balanço a cabeça com entusiasmo.

— Sim, com certeza.

Ela ainda olha para mim por um momento, depois se afasta. Eu a vejo ir embora e desaparecer além da porta, depois me viro, vejo Mandy sorrindo para mim e tenho um ataque de risadinhas entusiasmadas.

— Isso aconteceu de verdade? — pergunto.

— Aconteceu — ela confirma com os olhos arregalados. — Aconteceu de verdade.

CAPÍTULO 3

TAYLOR

RAINHADEFIRESTONE:

Ei, pessoal!

Estou na fila esperando para conhecer a única Skyler Atkins!

Ahhhhhhh! Eu vou pirar!

Estou enjoada, eufórica e apavorada… Isso é normal quando você está prestes a conhecer sua rainha? Espero que sim, porque sinto que vou vomitar no cara da frente.

Mas nem a humilhação coberta de vômito me tiraria dessa euforia. Esperei esse dia durante toda a minha vida. Desde que vi o primeiro livro da Firestone na biblioteca da escola e fiquei acordada a noite inteira lendo. Os livros da Skyler têm sido meu mundo há mais de uma década. Rainha Firestone me fez sentir como se eu não estivesse sozinha. Quando o sexto e último livro foi lançado, eu li inteiro de uma vez só. E depois passei dias chorando porque tinha acabado. (Gratidão a todos os Firestoners que me ajudaram naquela semana!) Acho que dá para perceber quanto isso significa para mim, mas caso eu não tenha sido clara, aqui estão as três principais mudanças que Skyler Atkins provocou na minha vida:

1. Ela criou um mundo em que me sinto segura. Vamos ser honestos: não me sinto segura no mundo real. Ele é grande e assustador, e às vezes me deixa muito confusa. Mas em Everland, a Rainha Firestone reina e protege seu reino. Ela é uma heroína. Luta por aqueles que não se sentem fortes o suficiente para lutar por si mesmos. Eu precisava disso quando era mais nova. Merda, ainda preciso de vez em quando.

2. A Rainha Firestone é o melhor modelo que uma criança pode ter. No início da série, ela está apavorada. O medo a controla. Monstros mataram seus pais e a caçaram, e ela se escondeu do mundo para proteger a si mesma e a irmã Crystal. Mas lentamente, depois de perceber que é mais perigoso se esconder do que lutar, ela se torna uma guerreira, uma rainha e uma heroína, mas ainda tem medo. Ela aprende a confiar novamente em seus poderes e habilidades e salva seu povo. Mas durante tudo isso, ela ainda tem medo. Isso é o que eu mais gosto nela: o fato de não ser destemida. Ela tem medo, mas continua lutando. Tem momentos de dúvida, quando foge, mas ela volta. Não desiste. Às vezes, ela falha, cai, comete erros. Ela é real.

3. Ler a série Firestone me apresentou o poder das palavras. Tenho dificuldade para me expressar pela fala. Meus

pensamentos ficam confusos, e eu fico nervosa e paralisada. Nunca dizia o que queria dizer, e por muito tempo fiquei quieta. Mas ler as histórias de Skyler me inspirou a escrever, e descobri que posso dizer tudo que quero, e de um jeito mais simples, com uma caneta ou um teclado. Quero que as pessoas voltem às minhas histórias uma década depois de as terem lido e pensem: "Uau, que bom que conheci essa história. Isso ajudou a moldar quem eu sou". Foi isso que Skyler fez por mim.

Caramba! A fila está andando! Tenho que ir!

Toco em POSTAR, fecho o aplicativo do Tumblr e guardo o celular no bolso da calça jeans. Alguém bate no meu ombro, eu olho para trás e vejo uma garota baixinha e magra sorrindo nervosa para mim.

— Oi — ela diz, e empurra o cabelo preto para trás da orelha. — Desculpa. Eu preciso fazer xixi. Você poderia guardar meu lugar na fila?

Dou risada e respondo:

— É claro.

— Muito obrigada — ela diz antes de sair da fila e correr para fora da sala.

Dou uns pulinhos animados ao lado de Jamie.

— Não consigo acreditar que finalmente vou conhecer Skyler Atkins! — É difícil me controlar para não gritar e balançar as mãos, mas não quero parecer estranha.

— O que vai falar pra ela? — pergunta Jamie, esticando o pescoço para enxergar melhor o palco. Ele é tão alto que nem precisa se levantar na ponta dos pés para ficar acima da cabeça de todo mundo.

— Tenho tudo planejado — digo. — Vou me aproximar, colocar minha caixa de livros em cima da mesa de autógrafos e dar meu maior sorriso. Depois vou apertar a mão dela e me apresentar. Vou contar para ela que a

Rainha Firestone é minha heroína e que a leitura dos livros da Firestone me acompanhou pelo ensino fundamental, como os filmes estiveram comigo no ensino médio e…

— Ei — ele me interrompe. — Pensei que *eu* tinha te acompanhado no ensino médio. — Ele pisca.

Reviro os olhos.

— Tudo bem. Vou falar para ela que os filmes, você e Charlie me acompanharam na escola.

A fila se mexe, e eu praticamente pulo para a frente. Depois paramos novamente.

— Consegue vê-la?

— Não. Ela está sentada.

Jamie e eu estamos na fila há cinco horas. Ele abre a bolsa a tiracolo e pega duas barras de Snickers.

— Quer uma? — oferece.

Balanço a cabeça.

— Conhecer Skyler me deixa eufórica demais pra comer.

Ele levanta uma sobrancelha.

— Você comeu no avião?

— Um pouco do jantar. Mas estava muito agitada com a viagem para os Estados Unidos.

— Então não come uma refeição decente desde então? São, tipo, catorze horas sem comida! — Ele aproxima o Snickers do meu rosto. — Coma. Você vai desmaiar.

Faço uma careta e empurro a barrinha.

— Eu como depois. A gente pode almoçar mais tarde.

Ele olha para mim como se eu tivesse acabado de dizer que não sei quem é David Tennant.

— Você é maluca.

— Estou bem. Sou movida a pura adrenalina nesse momento. Você pode me alimentar quando eu desabar mais tarde.

Ele pressiona os lábios e acena com a cabeça satisfeito, depois joga uma das barras de Snickers de volta na bolsa.

A fila avança novamente. Sorrio animada, me inclino um pouco para fora da fila e começo a contar.

— Agora só tem cinquenta e três pessoas na nossa frente!

— Você acha que Charlie vai conseguir um desses passes VIP para nós? — Jamie pergunta com a boca cheia de chocolate e amendoim.

— Não, você ouviu a Mandy. Não acho que somos suficientemente importantes.

Ele engole.

— Fale por você. Eu sou muito importante. Tenho muitos livros com capas de couro e meu apartamento cheira a mogno.

— *O âncora* — digo com um meio sorriso. — Estamos em cinco a quatro.

Ele franze a testa.

— Não. Agora estamos empatados, quatro a quatro.

Ajeito nos braços a caixa pesada. Carregar seis livros em uma caixa de metal de edição limitada por cinco horas parecia ser uma boa ideia quando chegamos. Mas vai valer a pena, depois que Skyler autografar.

— Não. Você não pegou minha referência de *Os bons companheiros* no avião.

Ele se inclina e me encara com os olhos meio fechados.

— Porque sua imitação de Joe Pesci é uma merda.

Eu olho para ele.

— Como se atreve?

Ele enfia o último pedaço de chocolate na boca e sorri. Uma migalha cai em sua blusa – a blusa favorita, uma camiseta cinza com um desenho de Zelda na frente – e ele sufoca um grito.

— Não! — Ele limpa a migalha e estica a camiseta a dois centímetros do peito para avaliar o estrago. Tudo limpo. Ele olha para mim. — Essa foi por pouco.

A fila anda. Não consigo me conter; grito como uma criança numa loja de doces.

— Êêêêêê! Estamos chegando perto!

Jamie fecha a boca, tenta segurar a risada.

— Nunca te vi tão animada antes.

— Claro que viu! E a estreia de *Firestone Quatro* à meia-noite no nono ano?

Ele sorri.

— É verdade. — E faz uma pausa, me encarando por um instante antes de olhar para a frente. — Foi nosso primeiro e último encontro.

Eu bufo.

— Não foi. — Tento falar de um jeito casual, mas as bochechas vermelhas me traem. — Não foi nosso primeiro encontro. — Ainda não ficou bom, por isso tento de novo. — Quero dizer, aquilo não foi um encontro. De jeito nenhum.

— Bem, *eu* achei que era.

— Era um grupo de amigos indo para uma livraria para bancar as fangirls com o novo livro da Firestone. Deixei isso muito claro antes de abrirem as caixas.

Ele esfrega o nariz com a lembrança.

— Eu lembro. Meu nariz ainda estala toda vez que espirro.

— Foi culpa sua.

Ele assente.

— Eu sei, eu sei. Aquela foi a última vez que abracei uma garota sem pedir permissão antes.

— Fiquei surpresa, só isso. Não sabia que você era a fim de mim.

Ele ri constrangido e damos mais alguns passos adiante com a multidão.

— E eu não sabia que você tinha um gancho de direita tão forte.

Enrolo uma mecha de cabelo nos dedos enquanto espero que ele diga algo enigmático, como às vezes faz quando falamos sobre O Encontro Que Todos Menos Eu Sabiam Que Era Um Encontro.

Eu ainda queria que alguém tivesse me falado que todo mundo achava que era um encontro. Perdi todas as pistas, até que fosse tarde demais. De qualquer maneira, não tinha a confiança necessária para fazer alguma coisa. Alguns meses depois, Jamie começou a namorar uma garota de sua turma de fotografia. Não durou, mas vê-los juntos me fez entender que qualquer sentimento que ele teve por mim já havia desaparecido.

Se eu fosse sincera agora, eu diria: "Se soubesse que você era a fim de mim, teria deixado você me abraçar".

Mas não vou dizer nada.

Tem muitas coisas que não vou dizer.

E em breve, nós dois vamos para a universidade, e mesmo que tudo aconteça de acordo com o plano e nós sejamos aceitos em escolas em Los Angeles, vamos nos envolver com os estudos, os novos amigos e a vida, e todas as coisas que eu não disse vão me atormentar.

Por isso preciso conhecer Skyler.

Se posso ser corajosa o suficiente para conhecer meu ídolo, falar com ela, consigo fazer qualquer coisa. Vou fazer o que é necessário para enfrentar o mundo, ir para a universidade, sozinha.

Sozinha.

A voz de Jamie soa distante quando ele diz:

— Ouvi que Skyler não vai assinar contrato para escrever o roteiro dos dois últimos filmes da Firestone.

Levanto a cabeça e encaro Jamie. Minha expressão chocada o impede de continuar sério, e ele sorri debochado.

— Isso não tem graça nenhuma — digo.

— Só queria te fazer parar de pensar no que estava pensando.

— Como assim?

— Parecia preocupada, como sempre acontece quando está tendo um de seus Flash Forwards.

— Ah. É. — Empurro os óculos para o alto do nariz com a ponta do dedo indicador.

— Lembre: aqui as preocupações não são permitidas.

Eu concordo balançando a cabeça.

Ele começou a chamar esses momentos de "Flash Forwards" alguns meses depois de nos conhecermos. Ninguém jamais tinha notado quando eu mergulhava em devaneios superanalíticos que me causavam pânico, mas ele percebeu.

Seguro a caixa embaixo de um braço e pego o celular no bolso da calça jeans. A tela se acende com notificações dos meus milhares de seguidores no Tumblr e no Twitter. Abro o Twitter e começo a rolar a página de replies.

— O fandom está enlouquecendo — digo com um sorriso. — Muitos Firestoners perguntando se já a conheci.

— Aposto que estão com inveja — ele diz sarcástico. — Eles, tipo, literalmente nunca vão conseguir.

Suspiro de um jeito dramático.

— Jamie Garcia! — Cutuco seu braço com o cotovelo. — Não deboche deles!

Ele me cutuca de volta.

— É brincadeira. Você sabe que eu também amo as pessoas da internet.

— Você sabe que é o único esquisito no mundo que fala em "pessoas da internet".

— Isso é o que somos. Pessoas que vivem na internet.

Alguém bate em um microfone perto do palco, e eu me assusto. Guardo o celular no bolso e fico na ponta dos pés, esperando ver Skyler lá na frente.

— Oi, pessoal — diz uma voz. Vejo um rapaz de pé na frente do palco, segurando o microfone. Ele tem um crachá pendurado no pescoço e usa uma camiseta da SupaCon como todos os outros membros do staff que vi correndo por ali.

De repente, um grupo de pessoas se aglomera em torno da mesa de autógrafos.

— Acho que Skyler está saindo — Jamie comenta levantando as sobrancelhas.

— Para todo mundo que continua esperando, peço desculpas — diz o cara do microfone —, mas nosso tempo acabou. A sra. Atkins tem um voo marcado e já está atrasada.

Exclamações e gemidos enchem a sala. Alguns estão irritados com Skyler, outros a defendem.

Eu estou em choque.

— Espera aí, o quê?

Jamie olha para mim, mas eu evito seu olhar. Ele abre a boca, mas não fala nada. Deve estar vendo minha cara devastada.

— Já volto. — Ele sai da fila e vai falar com um dos funcionários.

— Que porra é essa? — alguém fala a meu lado. Eu me viro e vejo a garota cujo lugar na fila eu guardei enquanto ela foi ao banheiro. Ela me encara confusa. — O que aconteceu? Perdi alguma coisa?

— Skyler está indo embora. Ela tem que ir para o aeroporto.

Sua expressão é de desânimo.

— Ah.

Eu suspiro.

— Pois é.

Ela anda de um lado para o outro e morde a boca por dentro, depois estende a mão para mim.

— Meu nome é Josie. Obrigada por ter guardado meu lugar, apesar de ter sido inútil, no fim.

Aperto a mão dela e ofereço o sorriso mais gentil que consigo produzir, o que é difícil estando tão decepcionada com a partida de Skyler.

— Não foi nada. O meu é Taylor. — Não sei o que dizer depois disso, então ficamos as duas lá, olhando em volta.

— Estou muito brava — diz Josie. — Skyler é minha autora favorita.

Encolho os ombros.

— Eu também. Não consigo nem processar tudo isso. — Começamos a falar sobre os momentos de que mais gostamos nos livros, mas nem isso nos anima.

Josie olha as horas no celular.

— Bem, acho melhor voltar pro meu estande, se não vai ter autógrafo.

— Você tem um estande?

Ela se anima.

— Sim! Estou no Artist's Alley vendendo meus livros. Vai dar uma olhada.

Eu sorrio.

— Legal! Eu vou, sim.

Josie se afasta bem quando Jamie volta, e ele tem a testa franzida.

— Tentei descobrir se Skyler voltaria durante o fim de semana, mas o cara não sabia. O coitado está atordoado. Todo mundo foi pra cima dele.

Sinto que as lágrimas brotam em meus olhos, turvando a visão. Olho para a caixa em meus braços, tento me concentrar nas letras dos títulos para não chorar. A multidão começa a se mover, e eu olho para cima e vejo a frente da fila seguindo Skyler e seus acompanhantes em direção à saída do fundo.

Jamie se inclina e sussurra no meu ouvido.

— Tenho uma ideia.

Eu olho para ele de canto de olho.

— É tarde demais. Ela está saindo.

— Confia em mim?

Tamborilo na lateral da caixa num gesto nervoso.

— Claro que sim. — Abro minha mochila e guardo a caixa de livros, depois fecho o zíper novamente.

— Vem comigo. — Ele me puxa pelo braço e começa a me tirar da fila e do meio da multidão. Todos, incluindo seguranças e funcionários do evento, estão distraídos com Skyler, que sai por trás do palco.

Jamie me leva até uma porta marcada com RESTRITO – STAFF e a empurra. Ele olha para dentro, depois olha pela última vez para os seguranças antes de entrar no corredor proibido, me puxando para ir também.

— Jamie! — Reajo. — Vai fazer a gente ser expulso!

Ele olha para a esquerda, depois para a direita, examina o corredor, depois se abaixa para olhar nos meus olhos.

— Vai ficar tudo bem. Você veio até aqui para vê-la. Não vamos embora enquanto isso não acontecer.

Começamos a correr. As paredes do corredor são brancas e vazias, e tudo que escuto é o barulho dos nossos sapatos batendo no chão. Viramos em uma esquina bem a tempo de ver a parte de trás da cabeça de Skyler, os cabelos vermelhos balançando enquanto ela sobe apressada uma escada com seus acompanhantes.

— Olha ela lá! — Suspiro. De repente, não me importo com quanto isso é imprudente ou se podemos ser expulsos, tenho que conhecê-la.

Estou muito perto.

Se perder essa chance, se amarelar agora, não sei como vou encontrar coragem para enfrentar o próximo ano. Eu nunca falei para ninguém, mas pensar em mudar para Los Angeles com Charlie e Jamie, longe de casa e da minha família, me aterroriza.

Continuamos correndo, mas dois guardas da segurança saem de uma sala na nossa frente.

Jamie para.

— Mudança de planos.

— O que vamos fazer?

Ele segura minha mão.

— Corre!

Viramos e corremos de volta pelo mesmo caminho. Viramos a esquina novamente bem quando três membros do staff do evento saem da sala de autógrafos.

— Merda! — resmungo.

Jamie me empurra para uma sala próxima, e só quando já estamos lá dentro eu percebo que aquilo é o banheiro dos homens.

— Meu Deus, isso aqui fede!

Ele sorri e põe o dedo sobre meus lábios.

— Shhh!

A porta do banheiro começa a abrir, e mais uma vez ele me tira do caminho. Entramos no reservado mais próximo, e Jamie fecha e tranca a porta com o mínimo de barulho possível.

Um assobio alegre ecoa pelo banheiro, seguido pelo ruído de um homem se aliviando.

Faço uma careta e me afasto o máximo que posso sem tocar no vaso sanitário, torcendo para o sobretudo não estar arrastando no chão. Ficamos espremidos, Jamie e eu, nossos corpos inevitavelmente colados. Ele é magro, mas é alto e largo, e eu sou só larga. Minhas bochechas esquentam com o rubor, e tento olhar para qualquer lugar, menos para ele, embora sinta seus olhos cravados em mim.

A porta do banheiro se abre e o assobio some no corredor. Suspiro aliviada.

— Sabe — Jamie comenta olhando para mim —, se a gente não estivesse em um banheiro encharcado de xixi, isso seria meio romântico.

Reviro os olhos e o empurro do caminho, destranco a porta e olho para fora.

— Bem, *é* um banheiro encharcado de xixi. E tenho que sair daqui antes que o cheiro me faça vomitar.

Saímos do banheiro e corremos pelo corredor. Não respiro novamente até estarmos seguros na sala de autógrafos, de onde os fãs de Firestone ainda estão saindo.

— Fomos muito idiotas, Jamie. Se tivessem pegado a gente, teríamos sido expulsos da SupaCon para sempre!

— Eu teria assumido a culpa. Teria valido a pena, se você conhecesse Skyler.

— Isso é outra coisa — retruco, parando para tirar a mochila das costas. — Skyler não teria gostado de ser perseguida nos bastidores por dois estranhos. Quero dizer, podíamos ter sido presos por perseguição, assédio, ou alguma coisa assim! — Abro a bolsa e vejo se a caixa não foi danificada pela correria.

Levanto a cabeça e vejo que Jamie está pensativo.

— Eu nem pensei nisso.

Penduro a mochila em um ombro.

Ele suspira.

— Desculpe, Tay. É que eu detesto te ver decepcionada. Além disso, você nunca faz nada imprudente. Pense nisso como uma aventura! Assumir um risco de vez em quando é bom para você.

Começo a andar, e ele me acompanha.

— Eu não corro riscos. Sou a queridinha dos professores que odeia confronto e teme qualquer tipo de autoridade, lembra?

Ele ri.

— Como eu poderia esquecer? Olha só, todos seus heróis favoritos são aventureiros! Indiana Jones, Marty McFly, e lembro que Bill e Ted viveram a maior aventura.

Olho para ele com as pálpebras meio baixas e sorrio.

— As aventuras de Bill e Ted e do Marty envolviam máquinas do tempo. E eu gostaria de ter uma agora, pra poder voltar quinze minutos no tempo e te dar um soco, antes de deixar você me arrastar daquele jeito.

Jamie faz sua melhor voz de Bill e diz:

— Isso teria sido uma tremenda derrota.

Não seguro a gargalhada.

Ele sorri triunfante, feliz por eu não estar mais irritada.

— Toda essa aventura me deu fome. Vamos comer alguma coisa. Deve ter uma lanchonete legal em algum lugar por aqui.

CAPÍTULO 4

CHARLIE

— OI! QUAL É O SEU NOME? — PERGUNTO COM UM SORRISO SIMPÁTICO, segurando a caneta sobre um pôster de *The rising*. A menina do outro lado da mesa está com os olhos brilhando, sorrindo tanto que quase posso ver cada arame do aparelho multicolorido.

— Cara — ela diz, mas parece mais uma risadinha do que um nome. — Você é minha youtuber preferida de todos os tempos. Eu vi todos os seus vlogs muitas vezes!

— Isso é incrível! Obrigada por assistir! — Pisco para ela e começo a escrever uma pequena dedicatória no pôster, adicionando meu autógrafo na parte inferior. Uma luz chama minha atenção, e eu levanto a cabeça e vejo Cara segurando o telefone, tirando uma selfie comigo. Olho para a câmera e sorrio bem na hora em que o segundo flash acende.

— Pronto, Cara — digo ao entregar o cartaz. — Muito obrigada por ter vindo! Curta o filme!

Cara parece estar prestes a se desmanchar em uma explosão de confetes e fogos de artifício. Ela hesita, como se quisesse perguntar algo. Em seguida dispara:

— Você e Reese estão juntos?

Meu coração para.

Começou.

Engulo em seco, consciente de que Cara – e Mandy e algumas outras garotas em volta – estão me observando, esperando ansiosamente pela resposta.

— Não, mas ainda somos bons amigos! — falo com meu sorriso mais falso.

Cara fica tão feliz, que é difícil ficar olhando.

— Se vocês voltarem, vão se casar?

Quase sufoco.

— Ah. — Dou uma risadinha constrangida. — Não, somos apenas amigos. Definitivamente, não tem nenhuma chance de casamento. Além disso, só tenho dezoito anos! Eu nem sei se quero me casar.

Cara abre a boca para fazer outra pergunta, mas tenho que conter a loucura antes que ela escape ao controle.

— Muito obrigada por ter vindo, Cara!

Cara sorri antes de se afastar meio em transe.

Sinto alguém bater no meu ombro e me viro. Mandy está olhando para mim.

— Mais cinco minutos, depois temos que ir. Você tem três entrevistas sobre o *The rising*, depois o concurso de cosplay e a festa de promoção antes de encerrar o dia.

Eu assinto, mas não consigo evitar a culpa. Apoio o cotovelo na mesa para olhar a fila de pessoas que querem meu autógrafo em seus cartazes e produtos. Deve haver pelo menos uma centena de pessoas ainda esperando animadamente. Esta é a primeira vez que participo de um evento com fãs, e não quero decepcionar ninguém.

Encaro Mandy, que está me olhando como se soubesse o que eu penso. Ela suspira e pega o telefone.

— Tudo bem, vou avisar que precisamos de mais trinta minutos. Mas é isso!

Sorrio agradecida.

— Obrigada, Mands!

Mandy chama a próxima pessoa na fila. Essa garota tem a mesma idade que eu, cabelos pretos presos em uma trança longa e batom vermelho brilhante.

— Oi! — eu digo.

— Oi — a menina responde, e seus lábios tremem. — Sou sua maior fã! Vi todos os seus vídeos! E vi *The rising* ontem à noite. Muito bom!

Ela está falando tão rápido que é difícil acompanhar.

— Uau! — Pego seu pôster para autografar. — Muito obrigada pelo apoio. Fico muito feliz por ter gostado do filme! Qual é o seu nome?

A menina não responde. Ela não está mais olhando para mim. Está olhando para trás de mim, por cima da minha cabeça. A boca está aberta numa reação de choque.

— Aquele é... Reese Ryan?

Meu estômago se contrai.

Não.

Espero realmente que a garota esteja enganada, mas as outras que estão na fila começam a gritar. Berrar. Chorar.

O efeito Reese Ryan se espalha diante dos meus olhos como magia.

Ou praga.

— Merda — resmungo. Lentamente, me viro na cadeira, temendo ver o rosto dele ao mesmo tempo em que o procuro.

Ele está me olhando da varanda do segundo andar, sorrindo e acenando para os fãs adoradores.

Todos os músculos do meu rosto querem compor uma careta ameaçadora, uma expressão que o transformaria em pó aqui e agora. Mas lembro rapidamente que tenho que ser civilizada com ele, e ofereço o sorriso mais caloroso que consigo produzir.

Eu consigo, acho.

Eu sou uma atriz, afinal.

Ele joga um beijo para mim e pisca, e eu disparo raios mortais imaginários com os olhos.

Ele está *gostando* disso.

Respiro fundo. *Finja*, digo a mim mesma. *Finja que é* Um dia às avessas. *Ou Mundo Bizarro. Sim, é isso. Eu vivo no Mundo Bizarro, onde as pessoas dizem "oi" em vez de "tchau", o dia é noite, e eu ainda acho que Reese é um cara legal.*

Mas se isso realmente fosse o Mundo Bizarro, conviver com Reese seria fácil. Ele seria um cara legal, carinhoso e sincero, em vez de um embuste gigantesco com tendências narcisistas e um pênis minúsculo.

Ha.

Agora estou sorrindo de verdade.

Eu me encolho com os gritos altos que ecoam atrás de mim e aceno para meu ex. Ele pisca para mim de novo, aponta para a esquerda, para uma escada, depois desaparece.

Por favor, não venha aqui.

Por favor, não venha aqui.

Ai, meu Deus, por favor, não.

Ele desce a escada como se apostasse uma corrida.

Está adorando isso.

Ele se aproxima de mim acenando e jogando beijos para os fãs como se estivesse em um programa de entrevistas no fim da noite. A cada passo que ele dá, aumenta minha vontade de fugir.

Reese aumenta o ritmo, corre em minha direção e me toma nos braços, girando-me como se estivéssemos em uma comédia romântica brega.

Ele me põe no chão, mas mantém suas mãos plantadas no meu quadril.

— Como está minha pequena Charlie?

Eca.

Sustento o sorriso falso e tiro suas mãos do meu quadril fingindo que é tudo brincadeira.

— Vou estar muito melhor se você nunca mais me chamar de "sua pequena Charlie".

— Hum, *alguém* está sensível hoje — diz ele, mantendo o sorriso falso no rosto. Ele me vira de frente para a multidão animada e pousa um braço sobre meus ombros. — Sorria para os fãs!

Eu sorrio. E aceno. E penso em todos os jeitos como poderia acabar com ele na frente de todo mundo, se realmente quisesse. Uma cotovelada rápida nas costelas. Ou uma joelhada entre as pernas. Ai, que delícia seria isso. Mas não, tenho que pensar nos fãs. E na minha carreira. *The rising 2*.

E então o coro começa.

— Chase! Chase! Chase!

O nome do nosso *ship*. Na primeira vez que ouvi, há cerca de um ano e meio, achei fofo. Usava o nome com orgulho como um brasão de honra, como prova de que estávamos destinados um ao outro. Isso fazia com que eu me sentisse validada de algum jeito. Merecedora. Agora só faz eu me sentir como uma idiota.

Mas mesmo assim sorrio. E aceno. E finjo que não demorei meses para reunir um milhão de pedaços do meu coração depois do que ele fez.

Uma das fãs começa a correr em nossa direção, e todos a seguem. De repente, tenho flashbacks da cena do estouro dos animais em *O rei leão*.

Mandy aparece na nossa frente.

— Hora de ir!

Reese segura minha mão enquanto a segurança e o staff nos cercam e nos levam escada acima para uma sala privada. No momento em que a porta se fecha, e Reese, Mandy e eu estamos fora do alcance dos olhos dos fãs, largo a mão dele.

— Que loucura! — ele diz, passando as mãos pelos cabelos loiros.

Olho para ele com toda força do meu rancor.

— Que *porra* foi aquilo?

Ele dá de ombros.

— O quê?

— O que está fazendo aqui? Pensei que só viria amanhã.

— O estúdio achou que seria uma boa ideia participar das entrevistas com você hoje e interagir com os fãs.

Deixo cair os ombros.

— Que maravilha.

O telefone de Mandy toca, e ela sai da sala para atender, me deixando sozinha com Reese. Sento em uma das duas cadeiras preparadas para as entrevistas. Tem um cartaz grande de *The rising* a meu lado. É a imagem de Reese correndo, com o jeans e a camisa de flanela rasgados e ensanguentados. Estou bem atrás dele, um pouco para trás na foto para deixar bem claro que ele é o astro.

Eu me lembro desse dia. Tentava correr de jeans skinny, sutiã de sustentação e um cropped três números menor que o meu no calor do verão australiano, enquanto o diretor gritava para eu "correr de um jeito mais sexy".

Mesmo com tudo isso, ainda foi a coisa mais divertida que eu já havia feito. É como brincar de "faz de conta" e ter um salário para isso.

Percebo que Reese está me observando, e pego o celular para mandar uma mensagem.

Emergência. Reese. Aqui. Agora. PQP.

Mando a mensagem no grupo e levanto a cabeça, e Reese continua olhando para mim.

— O que foi?

Ele levanta uma sobrancelha.

— Seu cabelo está cor-de-rosa.

Passo a mão no cabelo meio acanhada.

— É, eu tive que pintar. Fui convidada para fazer uma participação especial em uma série de ficção científica, e queriam uma "garota asiática de cabelo colorido", original, eu sei, mas gostei, por isso deixei assim.

— Que série é essa?

— *Starscape*.

Reese nem tenta esconder o sorrisinho condescendente.

— Bem, qualquer papel é um bom papel, não é?

Reviro os olhos.

— Na verdade, sou a primeira atriz sino-australiana a trabalhar nessa série, então, sim, é muito importante.

Ele assente, mas parece distraído.

— Legal.

Volto a fingir que estou fazendo algo importante no telefone. Tay ainda não respondeu, nem Jamie. Provavelmente estão se divertindo muito, enquanto eu estou aqui presa com ele.

Reese se aproxima e senta a meu lado. Ainda sinto seu olhar em mim, então abaixo um pouco a cabeça e deixo o cabelo cair entre nós, me impedindo de vê-lo.

— Então... — ele diz pigarreando.

Eu o ignoro.

Ele suspira e se inclina para a frente, apoia os cotovelos nos joelhos e olha para o tapete.

— Olha. Desculpe, está bem? Por... você sabe... Juro, Lucy foi um caso isolado.

Eu me viro e o encaro com os olhos meio apertados.

— Pensei que o nome dela fosse Sarah.

Ele fecha os olhos.

— Certo. Foi isso que eu quis dizer. Sarah.

Levanto e olho para ele com cara de nojo.

— Foi mais de uma?

Ele olha para mim e dá de ombros acanhado.

Cruzo os braços.

— Caramba, você é um galinha.

Antes que ele tenha chance de se defender, Mandy volta. Ela olha para mim, depois para o Reese, depois para mim de novo antes de falar:

— Tudo bem?

Respondo que sim com a cabeça.

Ela me dá um sorriso pálido.

— O primeiro entrevistador chegou. Não consegui adiar com o exército de fãs lá fora, avançando em vocês. Estão prontos?

— Tanto quanto jamais estarei. — Olho para Reese. — Mas precisamos de regras. Não estamos mais juntos, seja qual for a opinião do estúdio ou dos fãs. Você não tem permissão para me tocar em nenhuma circunstância. Se eu sorrir para você, não é um convite. Mesmo que toda a multidão no painel de amanhã grite e cante para a gente se beijar como Príncipe William e Kate Middleton, não vai acontecer.

Sento de novo na cadeira e começo a contar nos dedos.

— Sem mãos dadas. Sem mão na cintura. Sem piscada. Sem jogar beijo. Nenhum contato físico. Sem apelidos carinhosos. E quando surgirem as perguntas inevitáveis sobre nossa separação ou sobre as chances de reatarmos, vamos dar uma resposta-padrão sobre isso ser um assunto pessoal nosso. Se não concorda com alguma dessas condições, fale agora. Prefiro ir até o estúdio e desistir da sequência agora a sacrificar meu espaço pessoal ou meu conforto por isso.

Ele levanta as mãos e balança a cabeça.

— Tudo bem, tudo bem! Caramba. Entendi. Nada de coisas divertidas.

Olho feio para ele de novo, me perguntando como não vi esse lado dele quando estávamos juntos. No começo ele era encantador e doce, deixava flores e bilhetes no meu trailer, passava o texto comigo durante horas para aliviar meu nervosismo, e tratou minha família como a realeza quando eles visitaram o set. Ainda me lembro de minhas irmãs encantadas com ele, do sorriso surpreso de minha mãe quando ganhou dele uma caixa de seus chocolates favoritos. Foi assim que ele entrou no meu coração, sendo gentil com minha família. E é por isso que doeu tanto quando tudo acabou. Ele não me desrespeitou. Desrespeitou as pessoas que mais amo no mundo. Ele também as magoou.

Meu telefone vibra anunciando uma mensagem:

Taylor: Mentira! Desculpa, cara. Ele está participando das entrevistas com você? Tudo bem, você consegue. Você é Charlie Liang. Ele é só um babaca viciado em clareamento dental com um ego inflado. Pode falar para ele que eu disse isso. ;)

Sufoco uma risadinha. Taylor sempre sabe como me fazer rir.

Mandy verifica se estamos prontos e abre a porta para deixar entrar a primeira equipe de repórter e câmera.

CAPÍTULO 5
TAYLOR

RAINHADEFIRESTONE:
Então não conheci Skyler. Ela tinha um voo marcado.

Estou arrasada.

Eu estava tão perto. Tinha apenas cinquenta e três pessoas entre mim e ela.

Cinquenta e três!

PORRA. Eu nem sei o que dizer.

Vou ficar aqui sentada, comer algumas batatas fritas e tentar fingir que não perdi uma chance única de conhecer minha heroína.

Aqui vai um gif da Rainha Firestone de Firestone Dois, quando Crystal morreu e ela chorou daquele jeito horrível.

É assim que me sinto agora, pessoal.

É assim que me sinto.

#PorraPorraPorraMerda #Arrasada
#NãoVouChorarAgoraDeJeitoNenhum

Posto e guardo o celular no bolso, depois começo a Operação Fingir Que Não Estou Morrendo Por Dentro.

— Espero que Reese não seja um babaca com a Charlie hoje.

Jamie levanta a câmera e tira uma foto minha, depois apoia os braços na mesa e se inclina para a frente.

— Eu também. Mas você conhece o cara. Uma vez babaca, sempre babaca.

Tamborilo no copo de Coca-Cola.

— Eu sei. Mas ela estava muito ansiosa para estar aqui. Era pra ser seu momento de brilhar. Não é justo que ele apareça aqui e, de repente, ela tenha que lidar com isso.

— É mais do que injusto... é ultrapassado. — Jamie balança a cabeça. — Mas ela é capaz de lidar com isso. Ela é inteligente. Muito mais esperta que o Reese.

A garçonete se aproxima da mesa com nossa comida.

— Hambúrguer vegetariano e fritas?

— É meu — respondo levantando a mão como se estivesse na escola. Ela coloca o prato na minha frente.

— E cheeseburger duplo com bacon e fritas com queijo picante.

Ela põe o prato na frente de Jamie, que olha com amor para a refeição.

— Meu Deus, que saudade de um hambúrguer americano — ele diz, pegando o lanche com suavidade e admirando-o de perto.

Torço o nariz.

— Você vai ter um infarto aos dezoito anos.

Ele dá uma grande mordida e geme de um jeito teatral. Depois ergue os olhos lentamente para me encarar, e seu olhar é mortalmente sério.

— E vai valer a pena. — Um fio de gordura escorre por seu queixo, e ele limpa com a língua. — Além disso, tenho comido peixe com batatas e camarão grelhado há quatro anos. Eu mereço isso.

— Em primeiro lugar, nunca comi camarões, muito menos grelhados. E em segundo lugar, temos bons hambúrgueres na Austrália!

Ele levanta as sobrancelhas e balança o hambúrguer na minha direção, respingando mostarda na mesa.

— Não é hambúrguer se você coloca abacaxi e beterraba. Esquisitos.

Antes que eu tenha tempo para defender as preferências culinárias do meu país, ele coloca o hambúrguer no prato. Seus olhos estudam a mesa, depois as mesas à nossa volta. Ele limpa a boca no guardanapo e olha para mim. — Você não tem ketchup. Vou pegar.

Ele se levanta e vai até o outro lado da lanchonete em busca do molho de tomate.

Um jovem casal entra de mãos dadas. A garota faz cosplay de Rainha Firestone, como eu. Ela senta à mesa na nossa frente, e o namorado dela vai ao banheiro.

Olho para as batatas fritas e sorrio comigo mesma, me sentindo muito sortuda por estar aqui na SupaCon, cercada de pessoas tão apaixonadas quanto eu pela Rainha Firestone.

Penso em comer uma batata, mas decido esperar por Jamie. Não é certo comer fritas sem molho.

Levanto a cabeça e o vejo voltando à mesa com uma embalagem de ketchup em uma das mãos e o iPhone na outra.

Ele está tão distraído lendo a tela do celular, que para na mesa na frente da nossa e senta diante da outra cosplayer de Rainha Firestone.

A garota fica tão surpresa, que se limita a encará-lo. Cubro a boca com a mão e tento não rir.

O namorado sai do banheiro e se aproxima da mesa com uma expressão perplexa.

Ele para ao lado de Jamie com as mãos no quadril e pigarreia.

Jamie finalmente desvia os olhos do telefone e olha para o cara com ar confuso.

— Posso ajudar? — o rapaz pergunta.

Jamie abaixa uma sobrancelha.

— Não? — diz, como se fizesse uma pergunta, e não consigo mais segurar o riso.

Ele olha para a garota sentada na sua frente, e move a cabeça para trás numa reação chocada ao ver que não sou eu.

Jamie levanta da mesa tão rápido que qualquer um poderia pensar que ele tinha supervelocidade, como o Flash.

— Desculpe, mesa errada. Foi mal! — Ele levanta as mãos antes de se dirigir tímido à mesa correta.

Não consigo parar de rir.

— Por que você não me avisou que eu estava na mesa errada?

— Não deu. — Estou sem ar. — Estava... rindo... muito.

Ele me encara com os olhos meio apertados, mas a boca treme.

— Mesmo assim, poderia ter mandado uma mensagem de texto. Um tweet. Até um sinal de fumaça. — Ele está tentando não rir. — Aquela garota deve estar pensando que sou maluco.

Ele empurra a embalagem de ketchup para mim, e eu a pego sufocando a gargalhada e me contendo com uma risadinha rápida.

— Obrigada. Ninguém nunca se arriscou a levar uma surra só para pegar ketchup para mim. Pensei que ele ia te esmagar no chão, como naqueles desenhos *Looney Tunes* antigos.

Ele sorri convencido, estende os braços e os apoia no encosto do banco.

— Bem, sabe como é, às vezes um cara tem que fazer o que é necessário para garantir que uma moça tenha todos os seus condimentos.

— A moça agradece. — Viro a embalagem de cabeça para baixo e bato no fundo, deixando o molho cair em cima das minhas batatas.

Ele inclina a cabeça com ar prestativo.

— Sou seu humilde servo — diz com um sotaque britânico horroroso. — Faça de mim o que quiser.

Ele levanta as sobrancelhas de forma sugestiva e sorri com ar atrevido. Sinto minhas bochechas esquentarem e o coração pular no peito. Todo o meu corpo vibra quando ele olha para mim desse jeito. Olho para o prato torcendo para meu rosto não estar tão cor-de-rosa quanto o sinto. Odeio quando ele faz isso. Eu nunca sei se está flertando ou brincando, mas me sinto boba de qualquer jeito.

E esperançosa.

E ainda mais boba.

— Sabe… — ele diz tranquilamente. Acho que vai falar alguma coisa séria, por isso levanto a cabeça e o encaro. Mas algo o faz mudar de ideia, e ele sorri novamente. — … se você não fosse tão viciada em ketchup eu teria evitado toda essa vergonha.

Pego uma batata coberta de molho e a seguro diante da boca.

— Se eu sou viciada em ketchup, você é meu fornecedor. E se não estivesse grudado no celular, saberia que estava sentado na mesa errada. O que estava olhando, aliás?

— Ah! — Ele pega o telefone. — Skyler tuitou uma coisa interessante. Eu ia te contar, mas o escândalo da mesa me distraiu. — E segura o telefone sobre a mesa. Olho para a tela e leio o tweet.

@SkylerAtkins: Perdão, SupaCon! Tive que correr para o aeroporto :(Mas volto para jantar com o vencedor do Concurso SupaFan Rainha Firestone no domingo!

Arregalo os olhos.

— O que é o Concurso SupaFan Rainha Firestone?

Ele puxa o telefone e toca na tela.

— Era o que eu ia descobrir.

Dou uma mordida no hambúrguer vegetariano enquanto ele acessa o Google. É o melhor hambúrguer que eu provei, mas decido não dar a ele o prazer de me ouvir dizer isso.

Eu o vejo ler atentamente. Suas sobrancelhas escuras se aproximam.

— Parece — ele diz, e olha para mim — que é um evento Firestone surpresa que vai acontecer no fim de semana. Acabaram de anunciar. É um concurso para encontrar o maior fã da Rainha Firestone.

Meu coração vai parar na garganta.

— Sou eu! Eu sou a maior fã da Rainha Firestone!

— Bem, são duas etapas. A primeira é um concurso de cosplay. A segunda é um questionário baseado nos livros e filmes da Firestone. O vencedor vai jantar com a Skyler, vai com ela à After Party da SupaCon e à estreia do próximo filme da Rainha Firestone.

Eu me inclino para trás no assento, meu estômago dá umas cambalhotas.

— Ah. — Minha voz é só um sussurro. Se fosse um concurso de fanfic ou fanart, eu arrasaria. Mas uma competição pública? Na frente dos *humanos* de verdade?

Sem chance.

Ele guarda o celular no bolso e me observa com atenção.

— Acho que você deveria participar.

Meu queixo cai.

— Eu? De jeito nenhum. Não posso. — Meus óculos deslizam até a metade do nariz, e eu os empurro para cima ansiosamente.

Ele se inclina para a frente, estendendo os braços para mim por cima da mesa.

— Por que não? Você sabe tudo que há para saber sobre a Rainha Firestone. Ouço você citar livros e filmes todos os dias. E seu cosplay é incrível. Poderia ganhar isso fácil.

Balanço a cabeça, os olhos fixos no hambúrguer. Perdi o apetite.

— Não posso. E se for em cima do palco? Todas aquelas pessoas olhando para mim? E se eu cometer um erro? Não conseguiria nem respirar, muito menos responder as perguntas.

— Mas esta é sua chance de conhecer a Skyler e ainda jantar com ela. Ir à festa com ela. Ir a uma estreia com ela!

Eu me imagino em um palco, sob luzes brilhantes, todos aqueles rostos na multidão. Competindo com outras pessoas.

Até a ideia de ganhar é assustadora. Jantar com minha heroína? O que eu diria? E se ela não gostasse de mim?

Não, isso é demais.

Balanço a cabeça novamente, dessa vez com mais vigor.

— Eu vou com você — ele diz, tentando me convencer. — Vou ficar lá durante todo o concurso, torcendo por você.

Sinto que ele me observa, e a pressão é sufocante. Meu pé começa a bater de leve no chão de ladrilhos, e eu deslizo o dedo indicador em círculos sobre o lado esquerdo e raspado da minha cabeça. Pequenos movimentos que ninguém mais na lanchonete vai perceber, e que me trazem conforto.

— Não — disparo. — Você sabe que não consigo fazer essas coisas.

— Você veio até *aqui* — diz ele. — À SupaCon. Mesmo sendo uma coisa muito difícil para você. Mesmo com as multidões, o barulho e tudo o mais, você não ficou atordoada.

Solto o ar num longo suspiro, sabendo que ele não entende.

— É diferente. Eu planejei tudo. E me preparei para isso. Passei semanas sabendo que isso ia acontecer. E vir para a SupaCon é algo que eu sempre quis fazer. Só porque fiz não significa que foi fácil. E não parecer atordoada não quer dizer que eu não esteja.

Eu me sinto culpada por perder a paciência com ele, mas não sei por que Jamie está me pressionando assim.

Meus olhos ardem com as lágrimas e me levanto.

— A gente pode parar de falar sobre isso? — Contorno a mesa a caminho do banheiro. — Já volto.

Lágrimas correm por meu rosto quando me tranco em um reservado. Eu quase não dormi. Comi pouco. Passei catorze horas em um avião viajando para outro país. Estou cercada de pessoas, barulho e novidades que não param. Não conheci Skyler. Jamie acha que sou uma idiota por não querer entrar no concurso. Tudo está fora de lugar. Estou implodindo, me contorcendo como aço sobre o fogo. Comprimindo. Encolhendo. Desmoronando. Sufocando com lágrimas e palavras que quero dizer, mas não posso.

A maioria das pessoas pensa em ansiedade como ataques de pânico. Isso não é totalmente correto.

Não tenho um ataque de pânico há anos. Comecei a reconhecer os sinais e aprendi o que fazer para impedir que ele se desenvolva. Adquiri a habilidade de internalizá-lo para evitar constrangimentos públicos. A ansiedade não é um ataque que explode de dentro para fora de mim; não é um vulcão que permanece inativo até ser despertado por um evento que sacode a terra. É uma companheira constante. Como uma mosca que entra em casa no meio do verão e fica voando em círculos. Você consegue ouvir o barulho que ela faz, mas não a vê, não consegue capturá-la, não consegue expulsá-la. Minha ansiedade é invisível para os outros, mas muitas vezes é o foco da minha mente. Tudo que ocorre no dia a dia é filtrado por uma lente colorida de ansiedade.

Sabe o nervosismo que faz as mãos suarem e o coração disparar antes de se levantar e falar em público?

Isso é o que eu sinto em uma conversa normal durante o jantar.

Ou quando penso em conversar durante o jantar.

O medo que outras pessoas sentem em raras ocasiões, reservado apenas para quando saltam de um avião ou ouvem um ruído estranho no meio da noite – isso é o meu normal.

Isso é o que eu sinto quando o telefone toca.

Quando alguém bate à porta.

Quando eu saio.

Quando estou sozinha.

Quando estou na fila em uma loja.

Tudo se assemelha a estar no palco, embaixo de um holofote, com todos os olhos em mim, me observando, me julgando. Como se eu estivesse a um segundo de um desastre total. É invisível, é irracional, é interminável. Eu posso estar ali, sorrindo e conversando como se estivesse tudo bem, enquanto secretamente quero gritar, chorar e fugir. Ninguém jamais saberia. Na minha cabeça, ninguém pode me ouvir gritar. Eu escondo porque sei que não é compreensível nem aceitável, porque *eu* não sou compreensível nem aceitável. Então aqui estou eu, escondendo tudo isso. De pé em um reservado de banheiro, tentando lembrar como respirar.

Encontro o telefone e o fone de ouvido no bolso e ouço a trilha sonora da Rainha Firestone de olhos fechados.

Respire. Um... dois... três... quatro... cinco. Respire.

Fecho a tampa do vaso sanitário e sento, esfregando as mãos abertas nas coxas cobertas de brim cinza enquanto me concentro na música.

Respire.

CAPÍTULO 6

CHARLIE

MEU ESTÔMAGO RONCA QUANDO O ENTREVISTADOR COMEÇA A FAZER as perguntas finais, e espero que o microfone suspenso sobre nós não tenha captado o barulho.

— Então, Reese — ele pergunta —, seu personagem enfrenta muitas situações difíceis nesse filme. Ele perde os pais, os irmãos, a casa e, no fim, todo seu país. Como se preparou para esse tipo de jornada emocional exigida pelo papel?

Reese se encosta na cadeira e balança a cabeça lentamente, como se estivesse realmente considerando a resposta.

— Foi difícil. Obviamente, nunca passei por nada tão horrível, por isso tive que entrar em um estado mental muito sombrio.

Escuto enquanto ele continua a falar sobre seus métodos de atuação, e vejo fragmentos da pessoa que um dia pensei conhecer. Mesmo depois de todo esse tempo, não consigo descobrir onde termina a encenação e começa o verdadeiro Reese. Talvez nem ele saiba mais; passa muito tempo representando para o mundo.

Ele termina de responder, e o repórter olha para mim.

— Charlie, fazer um filme com sequências de ação tão intensas deve ter exigido muito de seu corpo. Como se preparou?

Vejo Mandy revirando os olhos para a pergunta, e me esforço para não fazer o mesmo. Este é o terceiro repórter seguido que faz a Reese uma pergunta detalhada sobre seu trabalho de ator, e depois me pergunta sobre meu programa de exercícios e dieta. Quero falar para esse cara me perguntar outra coisa, mas não quero parecer antipática ou ter problemas com o estúdio, então sorrio e respondo mais uma vez.

Quando saímos, estou morrendo de fome.

Charlie: Sobrevivi às entrevistas com O Babaca. SIM! Onde vocês estão?

Mando a mensagem para o grupo, mas Jamie responde em uma mensagem privada.

Jamie: Lanchonete do outro lado da rua. Acho que o pânico da Tay atacou. Ela está no banheiro há dez minutos.

Charlie: Chego já.

Neste momento, Tay responde no grupo.

Taylor: Ei! Estamos na lanchonete do outro lado da rua. Venha aqui! :D

Típico da Tay. Fingindo que está tudo bem mesmo quando está derretendo por dentro.

Jamie manda outra mensagem privada.

Jamie: Ela voltou. Acho que está bem. Tentei perguntar se está bem, mas ela balançou a mão como se não fosse importante. Disse que está bem. Não sei.

Charlie: Não toque no assunto a menos que ela fale. Tente fazer ela rir.
Jamie: Já estou tentando. Ela parece bem agora.

Uma mensagem aparece na conversa do grupo.

Tay: Eu sei que vocês estão trocando mensagens sobre mim. Estou bem. Juro. Vamos voltar a curtir. ESTAMOS NA SUPACON!
Charlie: Desculpe, Tay. Te amo.
Tay: Também te amo.

Abro o Twitter para ler os tweets do dia. Levanto uma sobrancelha quando vejo um nome familiar no meu feed: Alyssa Huntington.

Uma blogueira que sigo compartilhou uma foto de Alyssa em pé sobre um palco, acenando. A legenda diz: "Alyssa Huntington surpreende os fãs na SupaCon!".

Sorrio como uma idiota ao lembrar da nossa rápida conversa.

Estou tão distraída com os tweets e as fotos de Alyssa que não olho por onde ando e trombo em alguém quando contorno uma esquina.

Meu telefone cai no chão, e eu me abaixo para pegá-lo enquanto peço desculpas.

— Tudo bem — diz a mulher, que alcança meu telefone primeiro e o devolve. Mas quando tento pegá-lo, ela o segura. — Ah.

Levanto a cabeça e vejo Alyssa parada na minha frente de novo.

Ela está olhando para o meu telefone.

O telefone com imagens dela na tela.

— Esta sou eu?

Finjo que não é nada importante, mesmo morrendo de vergonha.

— Ah, é. Você está dominando o Twitter. Muitos blogueiros e fãs que sigo estavam na plateia.

Pego o celular e bloqueio a tela mais rápido que nunca.

Alyssa levanta as sobrancelhas.

— Ah, legal! Nunca tinha visto uma multidão assim antes. Foi incrível. Nós, youtubers, temos os melhores fãs, não acha?

Dou uma risadinha.

— Com certeza.

Mal sei o que ela me perguntou. Estou muito ocupada pensando, *fica fria. Fica fria. FICA FRIA!* Mentalmente, me estapeio para sair do estupor e falo:

— É sua primeira vez em uma convenção?

— Como convidada, sim. Mas como fã eu compareço há anos. — Ela olha para mim com uma atenção inabalável enquanto fala, e isso faz com que me sinta segura e vulnerável ao mesmo tempo. — E você?

— Esta é a primeira como fã e como convidada. Mas ainda não tive oportunidade de andar por aí.

Ela toca meu braço.

— Você tem que circular. Isso tudo é como outro mundo. Tem muita coisa pra ver, fazer e comprar.

O elenco de *The vampire diaries* anda pelo corredor com uma equipe da organização, e nós nos afastamos quando eles passam. Sorrio para Alyssa.

— Isso é tão estranho. Como passei de alguém que fazia vídeos no quarto em Melbourne para uma pessoa que conversa com Alyssa Huntington enquanto Stefan e Damon passam por nós?

Ela ri.

— Estamos juntas. Não consigo acreditar que isso seja real. Vi Felicia Day saindo do banheiro mais cedo e quase desmaiei.

Eu suspiro.

— Mentira!

Alyssa sorri meio de lado e põe as mãos nos bolsos do jeans. Ela está me observando, pensando, como se tentasse ler minha mente.

— Ei — fala, apontando a porta mais próxima com o polegar. — Ouvi dizer que a comida aqui é muito ruim, e estava saindo pra procurar algum lugar. Quer comer alguma coisa?

Fica fria, eu digo a mim mesma mais uma vez. Dou de ombros e balanço a cabeça uma vez, tentando desesperadamente agir de forma casual.

— Sim, é claro.

Nós nos encaramos, e Alyssa sorri animada.

— Legal.

Começamos a caminhar em direção à saída mais próxima para a rua de trás, e escrevo uma mensagem rápida para Tay e Jamie.

Charlie: Alyssa Huntington acabou de me convidar pra almoçar! Deixamos os hambúrgueres pra depois?

Taylor responde imediatamente.

Taylor: PQP! Fantástico! Sim! VAI! A gente se vê mais tarde :D :D :D

Cinco minutos depois, estou sentada na frente da minha heroína, que está pedindo um cheeseburger com fritas onduladas. O novo corte de cabelo bem curto chama mais atenção para os olhos castanhos, profundos, emoldurados por cílios pretos e realçados por delineador de gatinho. A pele cor de chocolate é adornada por tatuagens pretas de pássaros voando e flores, retratos, palavras e símbolos espalhados pelos braços e na parte interna dos pulsos. Sei por seu vlog que ela é inteligente, compassiva, franca e tudo que eu quero ser. Não consigo acreditar que estou sentada à sua mesa.

— Então — diz Alyssa, depois que a garçonete anota nosso pedido e se afasta. — Adoro seu canal no YouTube. — Ela sorri.

Não consigo esconder o espanto.

— Espera, o quê? — Tenho certeza de que não ouvi direito. — *Meu canal*? Você viu meus vídeos?

Ela parece se divertir com minha surpresa. Alyssa ri e se inclina para a frente, apoiando os braços na mesa.

— Sim. Eu vi todos.

Se um avião caísse do céu na lanchonete agora, eu ficaria menos chocada.

Ela ri novamente, e os cantos da boca sobem em direção aos olhos sorridentes.

— Não faça essa cara de surpresa!

Percebo que estou de queixo caído e fecho a boca. Penso nas centenas de vídeos que fiz e espero não ter postado nada muito embaraçoso.

— Não sei o que dizer. Acho que pensava que você era uma estrela grande demais pra saber da minha existência.

— Está brincando? Vejo seus vídeos desde o início. Seus comentários me apresentaram a alguns de meus videogames e quadrinhos favoritos. — Ela abaixa uma sobrancelha. — Eu sou uma tremenda nerd, seu canal arrasa.

Sorrio como uma idiota.

— Também sou uma tremenda nerd!

A garçonete chega com nossas bebidas – Coca-Cola com gelo – e olha para Alyssa.

— Ah, oi. Eu adoro seus vídeos! Você se importa se... — ela diz enquanto tira um telefone do bolso. — Posso tirar uma selfie com você?

Alyssa endireita as costas e assente.

— É claro!

A garçonete se inclina desajeitada sobre a mesa, afastando o telefone enquanto tenta enquadrar ela mesma e Alyssa na foto.

— Ah — eu falo rindo. — Quer que eu tire?

Os olhos da garçonete se iluminam e ela me dá o celular.

— Obrigada!

Seguro o telefone e espero que as duas sorriam antes de tirar algumas fotos.

— Pronto — aviso ao devolver o celular para a fã eufórica.

— Muito obrigada! — Ela corre para trás do balcão e olha as fotos animada.

— Desculpe — Alyssa pede com um sorriso meio constrangido.

Eu aceno como se não fosse importante.

— Ah, fala sério, tudo bem!

— Acho que está acostumada a lidar com isso agora, com todos os fãs do seu vlog.

Dou risada.

— De jeito nenhum! Esse tipo de coisa nunca acontece comigo. A menos que eu esteja em algum lugar como aqui, na SupaCon, é claro. Não sou tão popular quanto você.

Os lábios de Alyssa se distendem num meio sorriso, e ela olha pela janela.

— Vai ser. *The rising* vai cuidar disso.

Tenho certeza de que ela está flertando comigo. Pelo menos, espero que esteja. Isso me excita e me aterroriza ao mesmo tempo. Adoro toda essa coisa de crush. Os arrepios, as possibilidades, a vertigem. Mas esta é a primeira vez que gosto de uma garota que realmente pode gostar de mim também.

O momento em que percebi que gostava de mais de um gênero foi contido. Foi repentino e quase anticlimático, então esta não é uma história particularmente emocionante. Eu tinha catorze anos, e na época tinha tido interesse por mais de uma garota, a maioria estrelas de cinema. Mas nunca tinha interpretado meus sentimentos como paixão; só pensava que admirava muito. Não me ocorria que aqueles sentimentos eram semelhantes à forma como eu me sentia com caras de quem eu gostava.

Vi um post no Tumblr com o título "Você não vai acreditar que essas atrizes são bissexuais" ou alguma idiotice parecida. Não sabia o que isso significava na época, então fui pesquisar. Não demorei muito para me reconhecer em muitos artigos que encontrei.

E foi isso. Mas nunca estive realmente com uma garota. Eu nunca *flertei* com uma garota antes. Tudo isso é muito novo, e não sei se estou vendo coisas onde elas não existem. Estamos almoçando como amigas, ou pode ser algo mais?

Ela é minha crush desde os quinze anos. E espero que o brilho nos olhos de Alyssa seja um bom sinal.

— Então — ela fala novamente, interrompendo o silêncio breve, mas pesado entre nós. — Já começou a filmar a sequência de *The rising*?

Eu balanço a cabeça e bebo um gole da minha Coca-Cola.

— Ainda não. A filmagem vai começar em alguns meses em Los Angeles. Dessa vez temos um orçamento maior, um estúdio maior e uma pressão muito maior. E isso significa muito mais olhos sobre mim e minha vida. — Eu sinto os músculos em meus ombros enrijecerem quando penso nisso.

— Tente não deixar isso te incomodar — ela diz, inclinando-se para a frente de novo. — Se você aceitar o hype, o drama e a pressão, não vai aguentar.

Escorrego para a frente na cadeira. Quero contar para ela que já não aguentei. Que o último ano não me quebrou; me esmagou. Quero dizer que estou apavorada com tudo isso acontecendo de novo. Mas tudo ainda é muito recente, por isso só pergunto:

— Como você lida com tudo?

Ela pensa por um momento.

— Ainda estou aprendendo. As pessoas sempre dizem pra eu ignorar tudo isso, e sou mestre em dar BLOCK. Mas é difícil quando a gente recebe comentários racistas, sexistas e homofóbicos todos os dias. Deve acontecer com você também.

Confirmo balançando a cabeça, tentando não pensar em algumas coisas horríveis que as pessoas disseram sobre mim on-line.

— É de enfurecer.

Ela me encara séria e solidária e segura minha mão.

— Eu entendo, pode acreditar. Você não está sozinha.

Eu não sabia o quanto precisava ouvir essas palavras. Ficamos de mãos dadas e sentadas tranquilamente por um minuto ou dois. O silêncio entre nós é confortável, relaxado. É bom falar com alguém que está em posição semelhante à minha, que se vê cada vez mais no centro do interesse do público, e que tem sido ela mesma em um mundo que diz para ela não fazer isso.

Seu celular vibra com a chegada de uma mensagem, e nosso momento termina. Ela olha para a tela e bufa.

— Porcaria! Tenho um lance de imprensa em alguns minutos. — E olha para mim como se pedisse desculpas. — Sinto muito mesmo, mas tenho que ir.

Dou de ombros e sorrio, apesar de estar decepcionada com o fim do nosso almoço.

— Tudo bem. Eu também tenho que voltar. Minha empresária deve estar maluca atrás de mim.

Levantamos da mesa e nos dirigimos ao balcão, onde pedimos o almoço para viagem e dividimos a conta. Enquanto esperamos a garçonete, Alyssa apoia as costas no balcão e olha para mim. Parece bem descontraída e casual, muito diferente de como me sinto. Ela me encara, seus lábios se distendem suavemente, os olhos se demoram nos meus. Olho para o caixa, fujo da intensa troca de olhares.

— Obrigada pelo conselho — falo, e olho para ela novamente.

— Disponha — diz Alyssa, pegando seu pacote e caminhando para a porta. — Nós, mulheres, precisamos ajudar umas às outras, sabe?

— Concordo totalmente.

Caminhamos lado a lado pela rua, voltando para o centro de convenções.

Alyssa olha para mim de lado e pigarreia.

— Vai gravar para o vlog enquanto estiver aqui?

— Sim! — Tenho uma ideia e me viro para olhar para ela. — Ei, quer fazer um collab?

Seu rosto se ilumina.

— Eu adoraria! Em que está pensando?

Penso por um momento.

— Podemos fazer um desafio, ou um "perguntas e respostas". É sempre divertido.

— Legal! — ela diz. — Vou te dar meu número. Manda uma mensagem quando estiver livre, e eu arrumo um tempo para ir te encontrar.

— Sim, legal — respondo, e pego o celular. Estou fazendo um esforço para não surtar nem deixar transparecer minha euforia.

Trocamos números de telefone e continuamos a andar, parando à entrada dos staffs.

— É isso — ela fala, e olha nos meus olhos de novo.

— Acho que a gente se vê mais tarde, então.

A gente deveria se abraçar ou seria muito estranho? Meu telefone começa a tocar, me salvando de ter que decidir. É a Mandy.

Alyssa começa a se afastar acenando e sorrindo.

— Até mais tarde!

— Tchau! — Aceno antes de atender o celular. — Oi.

— Charlie, onde você está? O concurso de cosplay e a festa de divulgação começam em cinco minutos.

— Ai, droga! Estou indo.

CAPÍTULO 7

TAYLOR

RAINHADEFIRESTONE:

Só preciso respirar por um segundo. Acho que acabei de me dar conta da loucura de vir para a SupaCon. Mas estou bem.

Às vezes devo parecer muito estranha para as pessoas que fazem parte da minha vida.

Mas o que eles veem de fora não é nada em comparação a como eu vejo as coisas daqui de dentro.

Tudo é muito intenso. O tempo todo. É como se o brilho e o som de uma TV estivessem sempre no máximo e você nunca pudesse diminuí-los. E a ansiedade é um zumbido constante, uma vibração no corpo e na mente que nunca para. Às vezes a sensação é de "sou alérgica ao mundo", como se fosse alérgica à minha própria espécie. Estar aqui é um ataque a meus sentidos.

Mas estou bem.

Estou bem.

Tenho que estar bem.

Enfim. Obrigada por me ouvir. Ou ler, tanto faz.

Vou tentar postar notícias da SupaCon mais tarde.

— Olha esse monte de produtos Firestone! — Ando em direção ao estande e paro na primeira mesa. Ela está coberta de camisetas da Rainha Firestone, bonecos de ação, canecas, livros e joias. — Estou no paraíso.

Jamie para a meu lado e aponta um conjunto de prateleiras perto dali.

— Tem mais lá.

Ele olha para mim de lado, e finjo não perceber. Odeio quando se preocupam comigo. Parece que sou criança. Mas é compreensível, depois do meu quase desmoronamento na lanchonete. Ele já me viu assim antes, muitas vezes, mas isso ainda o incomoda. Ele vai me tratar como uma bomba-relógio pelo resto do dia. A menos que eu fale.

— Está tudo bem, Jamie — comento com um suspiro. Meus olhos estão cravados em uma camiseta com uma estampa da capa original do livro *Firestone Um*. — Não precisa se preocupar comigo.

Ele vira para mim quando pego a camisa e esfrego os polegares no tecido macio.

— Tem certeza?

Comprimo os lábios e assinto.

— Sim. Acho que o jet lag me derrubou. Mas agora estou bem.

Seus ombros relaxam.

— Legal.

Vejo outra mesa com camisetas incríveis e corro para lá, mas são todas de modelos masculinos.

— Fala sério. Por que os caras sempre ficam com as melhores camisetas? — Pego uma e olho para ela com avidez. — Dane-se, vou comprar esta aqui. É minha. — Não seria a primeira vez. A maior parte do meu guarda-roupa consiste de camisetas e camisas de flanela da seção masculina – é com esse tipo de roupa que me sinto mais confortável.

Alguém bate no meu ombro, eu me viro e vejo outra cosplayer de Rainha Firestone.

— Oi! — ela diz com um sorriso largo. — Vamos reunir todas as Rainhas Firestone logo ali. — E aponta o corredor. — Não quer vir?

— Hum... — Olho para a multidão. Mais de uma dúzia de cosplayers estão se aglomerando, alguns com o sobretudo da Rainha Firestone como eu, outros com sua armadura.

Meu primeiro impulso é dizer que não, mas sei que vou me arrepender. No mínimo, seria uma ótima foto para compartilhar com o fandom no Tumblr.

— É claro.

Ela sorri, segura minha mão e me puxa em direção à multidão.

— Encontrei outra! — Ela ri quando nos juntamos aos outros.

Eles me puxam para o meio do grupo, todos elogiando meu traje e perguntando onde comprei o sobretudo.

— Eu fiz — conto, sentindo-me um pouco sufocada.

— Sério? — pergunta uma rainha de armadura, levantando tanto as sobrancelhas que elas quase se juntam à raiz do cabelo. — Você é, tipo, cosplayer profissional?

Eu rio alto.

— De jeito nenhum! Esta é minha primeira vez. Fiquei acordada todas as noites por mais de um mês assistindo a vídeos no YouTube para aprender a costurar.

Pensei em comprar um, mas os que eu encontrei on-line eram muito pequenos para me servir confortavelmente, e a coroa nas costas não estava certa, então eu decidi fazer o meu. Fiquei tão envolvida com isso, que algumas noites costurei até o nascer do sol sem perceber, esquecendo-me até de comer. Felizmente, minha mãe e minha irmã estavam lá para me tirar do transe, ou eu teria morrido de fome.

— Isso é muito radical! — grita outra rainha de sobretudo. — É exatamente igual ao verdadeiro! Tem o brasão nas costas e tudo!

Sorrio orgulhosa.

— Obrigada!

— Ok, rainhas! — uma voz anuncia em volume mais alto que o das conversas. — Sorriam!

Olho para cima e vejo dezenas de câmeras apontadas para nós. As pessoas que passam param para tirar fotos com seus telefones, e outras parecem profissionais com suas grandes Canons.

Deve ser sempre assim para a Charlie: câmeras e olhos sobre ela o tempo todo.

— Uau! — falo sorrindo quando os flashes disparam. — Isso é incrível!

— É a sua primeira SupaCon? — pergunta a menina que me arrastou até ali.

— É minha primeira qualquer con.

— Ah, uau! De onde você é? Inglaterra?

— Austrália.

Nesse momento, uma equipe de TV se aproxima de nós. O repórter fala alguma coisa para uma das meninas na frente, e ela acena com entusiasmo. Ela vira para nós e balança os braços para chamar a atenção de todo mundo.

— O *Entertainment Now* quer filmar a gente!

Um coro de gritos explode, e eu me junto à emoção.

O operador de câmera aponta sua lente para a frente, depois se move para capturar o grupo todo. Quando a luz vermelha pisca na minha direção, ofereço meu melhor sorriso.

A repórter para na nossa frente e começa a fazer perguntas, movendo o microfone de uma menina para outra.

Meu sorriso desaparece e meu peito começa a apertar.

Ela está se aproximando.

A qualquer segundo eu estarei na televisão.

Escuto as perguntas que ela está fazendo às outras garotas, tentando preparar meu arsenal de respostas para não ficar paralisada.

Ela recua e grita:

— Quem veio de mais longe para estar aqui hoje?

Várias meninas respondem aos gritos.

— Omaha!

— Nova York!

— Toronto!

A menina do meu lado segura minha mão e a levanta, apontando para mim.

— Ela veio da Austrália!

Vinte Rainhas Firestone se viram e olham para mim, e minha respiração entala na garganta.

A repórter se aproxima e acena para o operador de câmera, chamando-o para segui-la.

Inspiro devagar e profundamente e torço para não fazer papel de idiota. Vejo Jamie no corredor, tirando fotos da cena toda. Ele abaixa a câmera, e vejo que está de queixo caído. Mas ele está sorrindo.

Ver sua animação faz com que me sinta mais determinada, e eu endireito os ombros e sorrio.

— Olá! — a repórter alegre e ruiva diz num tom doce. — Qual é o seu nome?

Demoro um ou dois segundos para lembrar.

— Taylor.

— E Taylor, de onde você veio para estar na SupaCon hoje?

— Eu vim de Melbourne, Austrália.

Não sei se devo olhar para ela ou para a câmera, então acabo movendo os olhos de um para o outro de um jeito cômico.

— Uau! — ela exclama, como se não soubesse antes. — Quanto tempo de voo?

— Hum. Acho que foram umas catorze horas. Viemos praticamente direto do aeroporto. — Sorrio, satisfeita por ter coordenado várias frases seguidas.

Ela olha para a câmera.

— Isso, sim, é comprometimento! Essa é fã de verdade!

E a repórter se afasta tão depressa quanto chegou, deixando todas nós vibrando.

O grupo começa a se dispersar, todas as cosplayers seguindo seu caminho e acenando animadas.

Eu me aproximo de Jamie com um sorriso enorme no rosto.

— Você viu isso? — Bato em seu ombro de um jeito entusiasmado.

— Vi! — ele responde com um sorriso de lado. — Agora você é famosa! É melhor falar pra Charlie tomar cuidado.

Rio acanhada. Alguém bate no meu ombro, eu me viro e vejo novamente a mesma cosplayer de Rainha Firestone sorrindo para mim.

— Meu nome é Brianna. — Ela ajeita a alça da regata. Percebo que seu decote é menor que o meu, e me pergunto se minha regata é reveladora demais. Decido que não, provavelmente, mas puxo o decote para cima de um jeito meio constrangido mesmo assim.

Ela estende a mão, eu a aperto torcendo para a minha não estar muito suada do nervosismo de ter aparecido na televisão.

— O meu é Taylor.

— Vai participar do Concurso SupaFan?

Torço o nariz.

— Não.

Ela arregala os olhos.

— Por que não? Você já veio até aqui! — Ela toca meu braço. — Tem que aproveitar ao máximo! O primeiro prêmio é um jantar com a Skyler!

— É verdade — digo e aliso meu casaco. — Talvez eu entre.

— Ótimo! — Uma das garotas do grupo a chama pelo nome. — Eu te vejo lá!

Aceno enquanto ela desaparece em um corredor próximo. Jamie olha para mim sorrindo satisfeito.

— Quer dizer que vai entrar no concurso?

Aceno com desdém.

— Claro que não.

Ele inclina a cabeça para o lado.

— Mas você acabou de dizer...

— Eu sei o que eu disse.

Ele franze a testa.

— Não entendi.

Dou de ombros.

— Eu não podia dizer a ela por que não quero participar. Parece idiota.

— Ter medo não é idiota. É normal.

Começo a andar e ele me segue.

— É que eu sei exatamente como teria sido essa conversa — digo. — Eu teria dito a ela que tenho muito medo de entrar no concurso. Ela teria perguntado do que tenho medo. Eu teria que falar sobre toda essa coisa de ansiedade social, e ela teria me incentivado a participar assim mesmo, ignorando completamente meu terror, ou teria assentido e pedido licença para ir ver alguma coisa.

Ele ri e desvia o olhar.

— Você não sabe. Ela poderia ter entendido.

— História e experiência me mostraram que é muito difícil para as pessoas entenderem, e muito fácil para elas julgarem.

Ele balança a cabeça como se estivesse desapontado.

— Mas como você vai saber como as pessoas vão reagir se não se abrir com elas?

Olho para ele confusa.

— Está bravo comigo?

Ele reage surpreso.

— Não! Por que estaria bravo com você?

Abro os braços.

— Não sei! Por isso perguntei.

Ele ri, mas quando fala sua voz é séria.

— Eu nunca conseguiria ficar bravo com você.

— Bom, porque eu odeio quando as pessoas ficam bravas. — Andamos pela área movimentada e ainda me sinto um pouco desconfortável, por isso tento aliviar a tensão. — Estou muito chapada com tudo isso aqui.

Jamie faz um ruído de desaprovação e aponta o dedo para mim.

— Ai, ai, ai, Taylor, você deveria recusar.

Reviro os olhos e dou uma cotovelada nas costelas dele.

— Naturalmente chapada, idiota.

— Ai! — Ele faz cara de dor e massageia as costelas.

Depois pisca para mim, e eu mostro a língua.

— Ei, Flirty McFlirtersons! — Uma voz grita no meio da multidão, e não preciso olhar para saber que é Charlie.

Ela vem em nossa direção com um sorriso brilhante. Algumas pessoas olham quando ela se aproxima escoltada por Mandy e um membro do staff da SupaCon. As pessoas a reconhecem e tentam tirar uma foto.

— Ei! — eu falo.

— Sabe — ela comenta quando se aproxima —, se vocês fossem um casal, seriam aquele tipo irritante que se chama por apelidinho e anda com a mão no bolso de trás da calça um do outro.

Olho para ela de um jeito que diz "cala a boca", e ela faz uma careta debochada. Sinto que todo meu corpo está corando. Como se todo o sangue fosse pressionado contra a pele, me acendendo como o sabre de luz do Kylo Ren. Se tem uma coisa que eu queria mudar em mim é esse rubor. É meu medidor pessoal de vergonha, e dispara constantemente, contando para todo mundo exatamente como estou me sentindo, por mais que eu queira esconder.

Jamie esconde as mãos nos bolsos, e acho que também vejo um pingo de rosa nas bochechas dele.

— Aonde você vai?

Ela começa a andar novamente. Está sendo levada pelo corredor por seu pequeno séquito.

— Campeonato de cosplay do *The rising*. — Ela se vira e continua andando de costas. — Vocês não vão?

— E o lance dos VIP? — pergunto.

— Não precisam de passe para isso! Vamos!

Jamie e eu nos animamos como crianças no Natal e corremos atrás dela.

CAPÍTULO 8

CHARLIE

A PLATEIA APLAUDE QUANDO OS VENCEDORES DO CONCURSO DE COSplay de *The rising* são anunciados. O chão vibra embaixo dos meus pés com a força dos aplausos.

— Isso vai ser intenso — diz Reese.

Concordo balançando a cabeça.

— Vai ser incrível.

Uma garota com camiseta da SupaCon e fone de ouvido corre para nós.

— Prontos?

— Sim.

Dois outros membros da equipe estão um de cada lado, segurando a borda da alta parede de papel na nossa frente, preparando-se para levá-la para o palco.

O anfitrião fala no microfone, conversando animado com os vencedores.

— Temos uma surpresa especial pra vocês, vencedores do concurso de cosplay do *The rising*!

Esta é a nossa deixa. O cenário é empurrado para a frente, e Reese e eu andamos atrás dele, escondidos até chegarmos à nossa marca.

A multidão se pergunta eufórica qual pode ser a surpresa. Chegamos à marca, preparamos nosso sorriso e explodimos através do papel. Os gritos são ensurdecedores. Odeio não saber se a ovação é para mim ou para "Chase". O anfitrião nos recebe, enquanto os dois vencedores recuam e cobrem a boca em estado de choque. Vejo imediatamente por que eles ganharam. É como se eu estivesse olhando para um espelho, diante de Ava e Will (eu e Reese) exatamente como aparecemos na tela, com jeans rasgados, manchas de terra e respingos de sangue. A única diferença é que são duas meninas.

— Vocês duas estão perfeitas! — digo, mas elas ainda estão muito surtadas para compreender o que estou dizendo. Tento de novo. — Dá pra ver que capricharam muito no cosplay.

— Ob... obrigada! — gagueja a menina vestida de Will. — Já vimos *The rising* três vezes!

Reese caminha até a beirada do palco, acenando para a multidão e jogando beijos como se desfilasse por uma passarela. A garota vestida de Ava se aproxima um passo, e percebo lágrimas correndo por sua face.

— Ah, querida! — Eu a enlaço com um braço. — Você está bem?

— Eu te amo!

— Eu amo *você*!

Ela limpa o rosto e ri de forma incontrolável. Acabo rindo com ela. Eu vivo para momentos como este. Reese volta para dar os parabéns às vencedoras, e levanta as sobrancelhas quando vê seu papel representado por uma menina.

— Você é uma garota! — ele diz apontando para ela.

Ela ri acanhada e assente.

— Sim! É uma troca de gênero.

Ele pensa por um momento, e torço para não falar nada sexista ou humilhante. Mesmo para ele, isso seria descer mais um pouco.

Ele sorri e dá de ombros.

— Legal!

Depois abraça a garota, que sorri um sorriso tão largo que acho que ela pode explodir. Passamos os trinta minutos seguintes posando para fotos com as vencedoras e os fãs. Para meu alívio, apenas três pessoas perguntam se Reese e eu estamos juntos de novo. Mas em minha cabeça ainda são três a mais do que deveria ser.

Quando é hora de se despedir e voltar aos bastidores, estou ansiosa para passar um tempo com meus amigos.

— Charlie! — Tay diz quando eu a abraço. — Como você fez? Eles ficaram surpresos?

— Chocados.

Jamie me dá um abraço.

— Deu pra ouvir os aplausos pra você. Muito legal!

— Eu acho que eles estavam ansiosos pra ver Chase ressurgir — comento sarcástica.

Tay franze a testa.

— Não fale isso. É você que eles amam, não Chase.

Concordo balançando a cabeça.

— Pena você não ter conhecido a Skyler, Tay. — Ela me mandou uma mensagem arrasada antes, mas não tive a chance de conversar com ela sobre isso até agora.

Ela suspira.

— Tudo bem. Talvez não fosse pra ser.

Jamie a cutuca brincalhão, mas está franzindo a testa como se vê-la chateada causasse nele uma dor física.

— Você vai conhecê-la um dia, Tay. Prometo.

Ela sorri triste e o cutuca de volta. Depois levanta a cabeça e me encara com os olhos arregalados.

— Como foi o almoço com sua garota dos sonhos?

Nem tento esconder meu sorriso encantado.

— Foi fantástico.

Tay ri.

— Você está nas nuvens? — Ela olha para Jamie apontando para mim. — Ela está nas nuvens?

Ele confirma com um movimento de cabeça.

— Ela está nas nuvens.

Balanço a cabeça, mas continuo sorrindo.

— Não estou nas nuvens. Meus pés estão bem fincados no chão.

Tay e Jamie se olham, depois olham para mim, e os dois dizem:

— Nas nuvens.

Tay segura minhas mãos.

— Você a convidou pra sair?

— Não. — Eu me sinto um pouco envergonhada quando digo isso.

Jamie inclina a cabeça confuso.

— Por que não? Você gosta dela há tanto tempo...

Meu coração falha por um segundo e respiro rapidamente.

— É verdade. Eu gosto dela. Muito. Mas estava com medo, não sei se ela gosta de mim como amiga ou algo mais. É muito confuso! — Empurro uma mecha de cabelo para atrás da orelha. — Mas fizemos planos pra fazer um collab para o canal. Nós trocamos números de telefone.

Taylor sorri.

— Isso! Ótimo, Charlie!

Dou de ombros.

— Ainda não é um encontro.

Jamie coloca a mão em meu ombro.

— Mas pode levar a um, se é o que você quer.

Tay assente.

— Exatamente. Depois de tudo que você passou, este é um grande passo. Vai no seu ritmo.

Olho para Reese, que está bebendo uma cerveja.

— Seria mais fácil se ele não estivesse aqui. Como vou me desligar dele desse jeito?

— Acho que está dando muita importância pra ele — diz Jamie, cujo rosto expressa preocupação.

— É que sinto que estou presa a ele. Quanto mais somos vistos juntos fazendo toda essa divulgação, mais difícil fica para a mídia e os fãs *me* verem.

As sobrancelhas de Tay se unem.

— Quem se importa com o que eles veem? Só importa o que *você* vê.

— Opa — diz Jamie. — Isso é profundo. Tipo, nível Yoda.

Tay fica vermelha e nós rimos.

— Desde quando você se importa com o que alguém pensa? — Jamie pergunta, cruzando os braços e inclinando a cabeça para o lado.

Jogo a cabeça para trás e solto um suspiro dramático.

— Eu sei, eu sei. Não sou assim. Qual é o problema comigo?

— Ei — Tay diz em voz baixa e séria. — Não tem problema nenhum com você. Acabou de enfrentar um rompimento muito intenso e público. Qualquer pessoa ficaria um pouco insegura depois disso.

Ouço a risada desagradável de Reese do outro lado da sala e estremeço. Sua presença está penetrando em mim como uma farpa gigantesca, egocêntrica e loira.

— Só quero que ele fique fora da minha vida.

Tay projeta o lábio inferior numa expressão sincera de preocupação.

— Depois da SupaCon, pronto. Você não vai mais ter eventos ou compromissos com ele.

— Mas eu ainda vou ter Chase. As pessoas ainda estão me mencionando no Twitter, dizendo pra voltar para ele. Os blogs do fandom falam sobre o rompimento e a humilhação toda vez que escrevem uma postagem sobre mim. Não acaba nunca.

Tay e Jamie se entreolham preocupados, e eu me sinto patética.

— Charlie, isso vai passar — diz Jamie.

Tay coloca as mãos nos meus ombros e me encara.

— Vai.

CAPÍTULO 9

TAYLOR

RAINHADEFIRESTONE:

Ei, pessoal!

Muito obrigada por todas as mensagens. Vou tentar ler todas mais tarde, mas por enquanto só queria agradecer. Estou bem. Foi só um momento. Mas agora estou bem.

Adivinhem? Apareci na TV!

E conheci um monte de outros cosplayers RF! Estou adorando :D

Vou postar mais depois, mas agora tenho que ir.

Tay

— Você quer uma bebida? — pergunta Jamie. Estamos no canto perto da comida, observando a festa.

— Quero, obrigada.

Jamie vai até o bar pegar duas Cocas, e eu observo a pequena reunião de pessoas. Esperava ver rostos mais conhecidos, como membros do elenco de *The rising* ou algumas das muitas celebridades convidadas para a SupaCon este ano. Mas a festa está cheia principalmente de executivos de estúdio e outras pessoas importantes, mas não da variedade famosa.

Em outras palavras, é tudo muito chato.

Charlie está circulando, conversando com todo mundo. Tivemos alguns minutos para conversar antes de ela ser puxada para conversar com aquela gente de terno. Toda a sala gira em torno dela, como se cada pessoa estivesse presa em sua órbita. É uma visão e tanto, uma imagem que me enche de orgulho.

Depois de tudo que enfrentou nos últimos seis meses, ela merece isso. Acho que Charlie lentamente está recuperando seu eu normal e confiante.

Quando entramos em uma sala, é para Charlie que todos olham. Ela tem o que as pessoas costumam chamar de forma de pera, acho. Ou é ampulheta? Todas essas palavras que as pessoas usam para descrever corpos me parecem um pouco demais. Seja qual for o formato do corpo de Charlie, parece ser mais socialmente aceitável do que o meu, considerando como as pessoas falam sobre ela. Todo mundo vive dizendo que deveria ser modelo. Mas às vezes ela fica um pouco cansada de ser notada por todo mundo apenas pela aparência.

De canto de olho, vejo alguém vindo em minha direção, viro-me e descubro que é Reese. Sufoco um gemido, mas aceno quando ele se aproxima.

— Oi, Reese.

Ele levanta a cerveja como forma de cumprimento.

— Oi. — Ele me olha de cima a baixo, e me sinto exposta. — Que roupa é esta?

Cruzo os braços constrangida.

— Estou fazendo cosplay. Rainha Firestone.

Ele move a boca para um lado, me estudando.

— Muito bem — diz, como se eu precisasse de sua aprovação.

Rio baixinho.

Ele bebe um gole de cerveja. Lembro que ele tem só dezenove anos, e penso em dizer que a idade mínima para beber aqui é vinte e um anos, não dezoito, como onde moramos. Mas não quero parecer a Chata Perfeitinha, então fico quieta.

— E aí, como vai na escola? — ele pergunta de um jeito meio confuso, e não sei por quê.

— Bem.

Reese olha em volta como se procurasse alguém mais interessante para conversar, depois parece decidir dar mais uma chance a esta conversa. Eu queria que ele desistisse. Queria que percebesse que eu é que estou presa aqui nessa conversa com ele, não o contrário.

— Acha que vai entrar na faculdade?

— Sim — respondo, depois, pensando que essa resposta pode parecer muito presunçosa, acrescento: — Ou melhor, espero que sim. Eu me candidatei a várias faculdades. Quero fazer um curso de escrita criativa. Ou criação de roteiro. Ou os dois. — Não conto que estou tentando a UCLA e outras universidades dos Estados Unidos, porque não espero que me incentive, e já estou suficientemente ansiosa em relação às minhas chances.

Ele se esforça para engolir a bebida, como se eu tivesse dito algo muito engraçado e ele estivesse tentando não cuspir a cerveja em mim.

— Você quer trabalhar no cinema?

Balanço a cabeça com veemência.

— Não como atriz. Quero escrever filmes. E livros. Quero muito escrever livros.

Não que eu tenha pensado muito na faculdade. Tentei pensar sobre o assunto, planejar, mas toda vez que tento, fico nauseada. Mas me conheço o suficiente para saber que, se vou me submeter ao estresse e à ansiedade de ir para a aula todos os dias, vai ter que ser um curso sobre algo que me interessa. E não tem nada que desperte mais minha paixão do que livros, filmes e histórias.

— Isso é uma graça.

Estreito os olhos.

— Por quê?

— Bem, você não é do ramo, por isso não espero que saiba por que é fofo, mas é. Sabe que vai ter que dormir com todo mundo para progredir, não sabe?

— Hum, como é que é?

Ele se inclina, e sinto cheiro de cerveja em seu hálito.

— Como acha que Charlie chegou onde está? — E aponta para si mesmo, a arrogância praticamente brotando de seus poros.

Dou um passo para trás e continuo olhando para ele.

— Eu sei como Charlie chegou onde está. Foi com trabalho duro, criatividade, persistência e capacidade. Não teve nada a ver com você. Na verdade, namorar você provavelmente mais atrapalhou do que ajudou.

Não acredito que disse isso. Abaixo a cabeça e olho para o chão.

— Caramba — ele responde. — Alguém não sabe brincar. Se quer ter sucesso em Hollywood, precisa ser menos amarga.

Boquiaberta, mantenho os olhos fixos no tapete. Se me mexer, vou chorar. E a última coisa que quero agora é que ele me veja chorar. Só vai servir para ele pensar que me machucou, quando, na verdade, só estou oprimida e não sei o que fazer. O sangue sobe para meu rosto, e sinto as mãos começarem a suar e tremer. Mas não falo nada. Tudo que quero dizer passa por minha cabeça e vai entalando na garganta.

Reese vira para se afastar, mas tem alguém no caminho dele. Levanto a cabeça e vejo Jamie o encarando.

Reese apoia a mão no ombro de Jamie.

— Cuidado, parceiro, ela está de mau humor.

Jamie coloca os dois copos de Coca em uma mesa próxima, mexe os ombros para afastar a mão de Reese e o encara. Reese tenta passar, mas Jamie o impede pousando a mão em seu peito.

— Espere um segundo, cara. Só quero ver se entendi.

Ele olha para mim, e sua mandíbula se contrai diante das lágrimas em meus olhos. Depois Jamie encara Reese.

— Então, você ofendeu a Tay dizendo, basicamente, que ela só vai ter sucesso se der pra todo mundo, depois ofendeu a melhor amiga dela, por cujo sucesso se diz responsável. É isso?

— Eu não ofendi ninguém.

Jamie revira os olhos.

— Sabe de uma coisa? O foda desse negócio é que você realmente acredita nisso. Não vê como o que acabou de fazer é uma atitude de babaca.

Reese abre a boca para dizer alguma coisa, mas Jamie levanta um dedo.

— Tay se defende, defende a Charlie, e de alguma forma isso faz dela a amarga? Você percebe as falhas no seu raciocínio, Reese?

Reese ri para ele e aponta um polegar para mim.

— Você não ouviu, cara. Ela foi grossa.

Jamie levanta uma sobrancelha.

— Ah, eu ouvi. Ouvi tudo. E tenho que te dizer, cara, acho que você foi o único grosso.

Vejo Reese fechar uma das mãos e olho para Charlie, que está do outro lado da sala. Mandy fala animada com ela, mas os olhos de Charlie estão cravados em Reese e Jamie. Ela sabe que alguma coisa está acontecendo. Minha respiração está ficando mais curta. Estou furiosa com Reese, mas apavorada por Jamie. Com seu abdome de astro do cinema e os bíceps salientes, Reese é grande. Pode derrubar Jamie em um segundo.

— Você está pedindo, Jamie — diz Reese. Ele empurra Jamie, que cambaleia para trás. Jamie range os dentes, mas não revida o empurrão. Ele se mantém firme e ereto, e continua olhando para Reese.

Reese inclina a cabeça para o lado, parece confuso.

— Qual é, não vai reagir? — Ele sorri.

Jamie cruza os braços.

— Fica frio.

Reese dá risada.

— Que bosta de mulherzinha. — Ele empurra Jamie novamente, provocando-o.

Assisto a tudo horrorizada, sem saber o que fazer. Todos na sala estão olhando para os dois agora.

— Reese! — Charlie grita. — O que está fazendo? Deixe Jamie em paz.

Reese o empurra novamente, dessa vez contra uma mesa. O rosto de Jamie está vermelho de raiva, e dá para ver que Reese o está machucando.

Reese balança a cabeça.

— Seja homem. — Ele dá uma bofetada no rosto de Jamie, que reage.

Jamie empurra Reese. Pego de surpresa, Reese cai para trás sobre uma mesa e algumas cadeiras. A mesa desaba embaixo dele, e o barulho de pratos e copos quebrando faz meus ouvidos apitarem.

Fico ali cobrindo a boca com as mãos, de olhos arregalados. Todos estão paralisados.

Jamie passa a mão no rosto e balança a cabeça decepcionado. Ele se aproxima de Reese e estende a mão para ajudá-lo.

— Você está bem?

Reese segura a mão dele e se deixa levantar. Depois leva o braço para trás e dá um soco na cara de Jamie. Eu grito quando sua cabeça é jogada para trás e ele desaba.

Decido agir.

Corro para Jamie, seguro a mão dele e o ajudo a ficar em pé. Ele olha para Reese, mas apoio minhas mãos em seu peito, duro e tenso de raiva.

— Vamos — digo. — Venha. Essa festa não é legal o bastante pra nós. — Tento falar com confiança, mas minha voz treme.

Jamie desvia os olhos de Reese e olha para mim, e sua expressão se torna mais suave. O lado direito de seu rosto, onde Reese o acertou, está vermelho. Eu aceno com a cabeça em direção à porta e seguro a mão de Jamie. Todos os músculos do meu corpo estão tensos quando nos afastamos de Reese, mas não olho para trás. Charlie está olhando para nós, o rosto preocupado, e eu levanto o polegar para acalmá-la, dizer que estamos bem.

Puxo Jamie para fora da sala, para o corredor.

— Você está bem?

Ele assente.

— Estou.

Eu o encaro.

— Esse cara é um neandertal. Sinto muito por ele ter feito isso com você.

Jamie baixa a cabeça.

— Não é sua culpa. É dele. E minha. Eu me esforcei muito pra não brigar com ele. Você sabe o que eu penso de machão babaca. Mas também não dava pra deixar passar sem fazer nada.

Percebo que ainda estava segurando a mão dele e a solto.

— Ele podia ter te arrebentado. — Sinto o sangue ferver e cerro os punhos junto do corpo. — Ah! Eu queria poder entrar em um DeLorean, voltar dez minutos no tempo e impedir aquele idiota de abrir aquela boca ignorante e arrogante.

Olho para ele e vejo que está me observando, os cantos da boca ligeiramente levantados.

— O que foi?

Ele ri, mas se encolhe de dor quando mexe a bochecha.

— Nunca te vi tão brava. E mesmo furiosa desse jeito, ainda conseguiu enfiar uma referência de cinema na conversa. Você é boa nisso.

Dou risada e balanço a cabeça.

— Você não precisava fazer aquilo, sabe? Interferir quando Reese se comportava como um idiota. Eu estava bem.

— Não estava. Eu vi sua cara, e nunca mais quero ver aquele olhar novamente. — Seu maxilar se comprime.

Eu solto o ar num suspiro prolongado.

— Não foi a primeira vez que me chamaram de amarga. — Perdi as contas de quantas vezes me chamaram de amarga ou esnobe, interpretando mal minha timidez ou considerando a falta de contato visual como desrespeito ou falta de cortesia

— O fato de ter acontecido antes não quer dizer que é legal.

— Eu sei. E mesmo que sua interferência não fosse necessária — faço uma pausa e olho para ele —, fico feliz por ter interferido. Você disse tudo que eu queria ter dito e não consegui.

— Não sei. — Ele sorri. — Acho que você deu umas boas porradas verbais.

— Obrigada — falo. — Ei, quer encerrar o dia? Estou bem cansada. Só quero ir pro hotel assistir um filme ou alguma coisa assim. E temos que pôr gelo no seu rosto.

Ele sorri.

— Perfeito.

CAPÍTULO 10
CHARLIE

DEPOIS QUE TAY E JAMIE SAÍRAM CORRENDO, EU ME APROXIMEI DE REESE, que estava sozinho e de cara feia em uma mesa de canto. Falei para um dos executivos chamar a segurança, mas ele só deu de ombros e deixou para lá. Reese escapava ileso novamente com sua babaquice.

— Ei — eu digo, e sento perto dele. — Qual é?

Ele levanta a mão para me silenciar.

— Agora não. Não preciso ouvir sermão de você.

Reviro os olhos.

— Que pena. Eu não preciso te ver arrumando encrenca e socando meus amigos, mas foi exatamente isso que você fez. Se dependesse de mim, teria sido chutado para fora e perdido seu crachá VIP. Qual é seu problema? Jamie e Tay não mereciam isso.

Ele não olha para mim.

— Pff! Aquela garota é estranha. E ele é um babaca.

— Ah, é, porque você é um cara muito decente. — Olho para a garrafa vazia de cerveja na mão dele. — Está bêbado?

Ele balança a cabeça e arregala os olhos. Olhos vermelhos e meio sem foco que o entregam. É claro que essa cerveja não foi a primeira.

Reese se debruça sobre a mesa e me encara de um jeito intenso.

— Sinto sua falta, Charlie.

Quase caio da cadeira, de tão surpresa.

— Hum, o quê?

— Sinto sua falta. — Ele puxa a cadeira para mais perto da minha, e eu o encaro perplexa. — Charlie, terminar com você foi um tremendo engano. Eu não devia ter desistido de você nunca.

Cruzo os braços e me reclino para trás, duvidando de suas intenções.

— E por que desistiu, então?

Ele esfrega a mão no rosto e se recosta na cadeira.

— Porque eu sou um idiota. É óbvio.

Eu bufo.

— Pelo menos estamos de acordo com isso.

— É sério.

— Dei a impressão de que estava brincando?

Ele geme e balança a cabeça para mim, e as mechas loiras caem na frente dos olhos. Ele as sopra para trás e põe a garrafa vazia em cima da mesa.

— Charlie, estou tentando dizer que quero você de volta.

Meu queixo cai. Não sei o que dizer, por isso fico olhando para ele, tentando ler a verdade em seu rosto. Olho para o grupo do outro lado da sala, verifico se ninguém está ouvindo essa conversa estranha. Se as pessoas souberem o que ele acabou de dizer, nunca mais vou conseguir escapar de Chase.

— Charlie. — Ele estende a mão sobre a mesa e vira a palma para cima para eu segurá-la. Não seguro. — Por favor. Eu cometi um erro.

— *Erros*. Plural. E acabou de acrescentar mais um bem grande à lista agindo daquele jeito com meus amigos.

— Tudo bem. Erros. Cometi erros. Mas aprendi com eles, e nunca mais vou fazer nada parecido.

A mão dele continua aberta sobre a mesa, mas não a seguro. Franzo a testa, ainda me perguntando se é sério ou alguma piada de mau gosto.

— Está falando sério?

Ele assente.

— Sim. Não devia ter tratado você daquele jeito. Perdi o controle. Não estava acostumado a toda aquela atenção, me perdi. Errei. Desculpa.

Por mais que eu quisesse ouvir esse pedido de desculpa, ainda é difícil. Fecho os olhos e respiro fundo. Quando volto a abri-los, ele está olhando para mim como costumava olhar quando começamos a namorar. Está olhando para mim como se eu fosse a única garota no mundo.

Lembro a primeira vez que ele me olhou desse jeito. Estávamos no meio de uma cena intensa em *The rising*. Era o primeiro dia de filmagem.

Fugíamos de milhares de zumbis correndo por uma rua fechada de Sydney. Meu salto quebrou, eu caí, rasguei o jeans e esfolei as mãos e os braços. Ele parou de correr, voltou e se abaixou a meu lado, me envolveu com um de seus braços grandes e musculosos e me ajudou a levantar. Seus olhos azuis eram cheios de preocupação e cuidado comigo.

Pensando nisso agora, vejo que foi muito clichê, mas me ganhou instantaneamente.

E depois começou a montanha-russa.

Estar apaixonada por Reese era como um tornado. Tudo à minha volta girava, e não havia nada para me manter estável. Eu saí do chão. O primeiro amor já é bem louco, mas estar exposta ao olhar do público amplifica essa loucura um milhão de vezes. Às vezes me pergunto se foi isso que nos condenou: toda a atenção. Foi um erro sermos tão abertos sobre nosso relacionamento desde o início. A curiosidade pública e as lentes das câmeras constantemente atentas nos atingiram bem depressa. Aquilo me fez encolher, e Reese expandiu. Eu passava mais tempo em casa tentando evitar os holofotes, enquanto ele se embriagava com a atenção, chegando a avisar aos paparazzi onde iria jantar. Não foi a primeira vez que a fama envenenou um relacionamento, e não seria a última.

— Charlie — ele insiste com tom de súplica. — Não vai falar nada?

Há seis meses, isso poderia ter sido suficiente. Meu coração ainda estava partido naquela época, e acho que ele era a única coisa que poderia consertá-lo.

Mas agora não.

— Olha, Reese, não acho que me queira de volta de verdade. Não tenho certeza nem de que me amou de verdade.

Ele contrai a mandíbula, e a mágoa brilha em seus olhos azuis.

— Como pode dizer isso?

— Eu digo porque acho que se realmente me amasse, não teria feito o que fez. Não teria desfilado com outra garota enquanto ainda estávamos juntos. Não teria me exposto a todo aquele sofrimento e humilhação. E teria me tratado melhor. Muito melhor.

— Ver toda aquela merda nos tabloides me magoou tanto quanto te magoou.

Minha risada é abafada.

— Duvido. Fui eu que liguei a televisão e vi você pegando uma vagabunda. — Aperto a parte mais alta do nariz com o polegar e o indicador e solto um suspiro frustrado. — Desculpa. Não devia ter dito isso. — Fui exposta a esse tipo de ofensa mais de uma vez. Fui difamada em público, e mesmo assim estou aqui, repetindo o mesmo erro por raiva. Esse cara desperta o que eu tenho de pior.

— Você tem todos os motivos para estar furiosa. — Ele finalmente tira a mão de cima da mesa, aceitando que não vou segurá-la. O silêncio se estende desconfortável por um minuto, e então ele não consegue mais esperar. — Charlie, quer ficar comigo ou não?

— Não — respondo antes de ele terminar de falar. Minha resposta é rápida, mas certa. Não preciso nem pensar nela.

— Mas e a gente? E Chase?

Levanto uma sobrancelha.

— O que tem Chase?

— Todo mundo quer que a gente volte. Os fãs, o estúdio. Se a gente reatar, todo mundo fica feliz. Vamos ser o casal mais famoso do mundo.

Olho para ele sem esconder o desgosto.

— Não ligo para isso. *Eu* não vou estar feliz. Você não me tratou como eu merecia ser tratada. Nunca tratou. E acabou de provar que não se importa com ninguém. Qualquer pessoa que sai por aí distribuindo socos só se importa com ela mesma. Não tenho nenhum interesse em voltar com você.

— Fala sério — ele diz. — Está com medo do quê?

— Não é medo. Eu sei o que quero, e não é isso.

Ele segura minha mão.

Eu a puxo.

— Não. Não vai mais segurar minha mão.

Ele balança a cabeça e dá uma risadinha.

— Puta merda, Charlie. Desde quando virou essa careta?

Contraio a mandíbula com tanta força que dói.

— Que parte da conversa não está entendendo? Você me traiu. E me humilhou. E me diminuiu constantemente. E há cinco minutos você bateu em um dos meus melhores amigos. Dizer não pra você não quer dizer que sou careta, Reese. E se é isso que pensa, você precisa de ajuda.

Levanto, farta dessa conversa.

— Vou buscar seu empresário. Você precisa voltar pro hotel e curar esse porre.

Saio dali irritada, tentando preservar as aparências diante das pessoas na festa.

CAPÍTULO 11

TAYLOR

JAMIE PASSA O CARTÃO PELA FENDA E ABRE A PORTA.

Jogo a mochila no hall de entrada e começo a explorar o quarto. Jamie e eu somos acompanhantes de Charlie, e nós três estamos dividindo uma suíte em um hotel muito chique a um quarteirão de distância da SupaCon.

É um quarto simples, mas luxuoso, com uma tela plana na parede, sofá e mesinha de café ao lado da janela, e duas camas de casal. As malas estão em cima das camas, um funcionário as trouxe mais cedo.

Jamie joga a bolsa a tiracolo em cima do sofá e se espreguiça. Sua camiseta sobe um pouco, expondo a parte inferior do abdome e aquele V sexy que alguns caras têm. Tento não ficar olhando. Eu *me esforço muito* para não ficar olhando.

— Você e Charlie ficam com as camas. — Ele senta no sofá e bate na almofada. — Eu fico aqui.

— Quê? — Olho para as camas de casal. — Não seja bobo. Charlie e eu podemos dormir na mesma cama. A gente sempre divide a cama quando uma dorme na casa da outra.

Ele pega o controle remoto da TV e dá de ombros.

— Vocês que sabem. Eu não me importo.

Sento na cama, mas meu casaco faz um barulho ofensivo, e eu levanto em seguida.

— Vou trocar de roupa. Esse sobretudo é incrível, mas não é muito confortável.

— Legal. Vou achar alguma coisa para a gente ver na TV. Quer comer alguma coisa? Podemos pedir serviço de quarto.

Meu estômago ronca quando penso em comida.

— Sim. Com certeza.

Ele pega o cardápio em cima da mesinha de café.

— Eu quero…

— Deixa eu adivinhar — Jamie fala com um sorriso de lado. — Club sandwich vegetariano com fritas e ketchup extra.

Inclino a cabeça para ele.

— Isso. E uma…

— Coca. Vanilla, se tiverem.

Cruzo os braços.

— Como sabe tudo isso?

Ele ri.

— É o que você sempre escolhe quando pede serviço de quarto em um hotel.

— *Eu* sei, mas como *você* sabe?

— Você me contou. Há um ano, mais ou menos, depois que fez aquela viagem a Sydney com sua mãe e sua irmã.

— Ah. Não sei se fico impressionada ou preocupada por você se lembrar disso.

— Impressionada. É pra ficar impressionada, com certeza.

Balanço a cabeça, pego minha mala e me dirijo ao banheiro.

Quando saio de lá, estou nadando em conforto com minha calça larga de ioga e uma camiseta velha do *Jurassic Park* que ganhei de Natal há alguns anos.

Jamie está deitado na cama, com um braço atrás da cabeça e a outra mão segurando o controle remoto.

Ele sorri.

— Olha o que está passando.

Olho para a televisão e vejo o rosto branco da Rainha Firestone.

— *Firestone Um*! — Bato palmas e dou pulinhos. — Legal!

— Vem sentar aqui. Já pedi a comida.

Subo na cama, me estico ao lado dele e suspiro.

— Olha só isso. — Mostro o quarto. — Estamos em um hotel chique. Minha rainha está na TV. O club sandwich está a caminho. E temos mais dois dias de SupaCon e coisas incríveis pela frente. Não dá pra ficar melhor.

Ele olha para mim e sorri.

— Também acho.

Sento sem desviar os olhos da televisão.

— Essa é minha parte favorita!

Jamie e eu começamos a recitar as falas, fazendo nossa melhor imitação de Rainha Firestone.

— Eu *sou* a rainha — dizemos, baixando a voz e adotando um ar sério. — E não vou perder duas vezes.

Aperto as mãos contra o peito e caio deitada com a cabeça sobre o travesseiro.

— Não acredito que a gente não conheceu a Skyler hoje. Chegamos tão perto!

— Verdade. Estou arrasado.

— Arrasada é pouco. Tenho certeza de que estou marcada para a vida toda. — Sorrio, mas não estou brincando. Perder a chance de conhecer Skyler é uma tremenda tristeza. Tenho a sensação de que meu futuro dependia disso, e agora estou perdida.

Jamie franze a testa.

— Tudo bem. Você vai ter outra chance. Talvez ela vá pra Oz pra estreia de *Firestone Cinco*.

Minha esperança renasce.

— Você acha?

Ele assente.

— Pode ser. Ela está devendo uma viagem à Austrália. Pense nisso. — Ele se vira de lado e se apoia em um cotovelo olhando para mim. — Na próxima vez que ela for à Austrália, você e eu vamos de carro a qualquer cidade onde ela estiver e vamos acampar na fila para sermos os primeiros a conhecer a Skyler. Legal?

Assinto animada.

— Incrível!

— Ótimo — ele decide sorrindo. — Encontro marcado.

Os créditos rolam na tela, mas não estou olhando para a televisão.

Estou olhando para Jamie.

E ele está olhando para mim, bem nos meus olhos.

Estamos a centímetros de distância. Se ele abaixar um pouco a cabeça, a gente se beija. Se ele abaixar um pouquinho a cabeça. Engulo em seco, me sentindo despreparada para o que está acontecendo. Mas não quero que pare.

As batidas na porta me fazem pular de susto, e o contato visual é interrompido. Jamie levanta da cama e vai abrir a porta, resmungando alguma coisa sobre timing. Sento na cama e cruzo as pernas, tentando decidir se isso foi um "quase beijo" ou só o velho concurso de encarada.

— Valeu, cara — Jamie fala da porta. Ele volta com a bandeja de comida e a coloca no pé da cama. O quarto é invadido pelo cheiro de fritas, e meu estômago ronca.

Jamie coloca um guardanapo dobrado sobre o braço e levanta o cloche, revelando meu sanduíche.

— O jantar está servido, madame.

Dobro os joelhos embaixo do corpo e me curvo em uma reverência.

— Ah, obrigada, bondoso senhor.

Abro a lata de Coca, ele senta na cama a meu lado e enfia uma batata na boca. Seu celular começa a vibrar, e ele corre até o sofá para procurá-lo.

— É minha mãe — diz antes de atender.

Aproveito a oportunidade para atualizar meu Tumblr.

RAINHADEFIRESTONE:

Então, hoje foi estranho. Bem estranho.

Sei que todos vocês estão vivendo indiretamente por mim, querendo atualizações, fotos e notícias. E prometo que vou fazer tudo isso, mas agora preciso descansar. Tenho que me recuperar de hoje para estar pronta para fazer tudo isso de novo amanhã. Qualquer um que me conheça sabe que tenho uma tendência de exagerar às vezes, especialmente quando fico animada com alguma coisa. Eu me jogo de cabeça. E se não tomar cuidado, me acabo antes do fim do primeiro dia. Acho que dá para dizer que preciso racionar minha energia. Enfim, espero que vocês entendam.

Vamos resumir tudo que rolou de incrível no primeiro dia:

— Estou vivendo meu sonho de ir à SupaCon! Nunca vou superar o fato de que estou AQUI!

— Apareci na TV com meu cosplay de Rainha Firestone, que todo mundo está ADORANDO, aliás! Todas as horas que passei trabalhando nele e derramando sangue, suor e, literalmente, lágrimas em cima desse figurino valeram a pena.

— Eu *quase* conheci Skyler. Vi o cabelo dela, gente. Estive na mesma sala que ela. Ainda estou arrasada porque não a conheci, mas estou tentando ver o lado positivo. Não a conheci, mas cheguei mais perto do que jamais estive antes. Já é alguma coisa, certo?

— Reconheci os sinais de pânico e dei a mim mesma o que era necessário para me acalmar. Isso é um progresso incrível. Há um ano eu nunca teria sido capaz disso. Definitivamente, acho que isso é uma vitória. Também me lembrei de tomar os remédios, estava com medo de me esquecer deles no meio do caos dessa viagem. Então, oba!

Muitas outras coisas aconteceram, mas sinto minha mente cansada agora, então vou desconectar.

Continuem incríveis!

#SupaConARRASA #EsquisitodoBem #FirestonerCosplay

Toco em PUBLICAR e volto a me concentrar no sanduíche, ouvindo parte da conversa de Jamie.

— Já? — ele pergunta, e anda perto da cama. — Tudo bem. É, abre.

Segue uma longa pausa, depois um grito animado do outro lado da linha. Jamie sorri e passa a mão no rosto.

— Sério? — Ele deixa escapar uma gargalhada.

Dou uma mordida no sanduíche e o observo curiosa. Ele olha para mim e sorri de orelha a orelha.

— Tudo bem. Isso. Mãe, preciso desligar. Tudo bem. Tchau.

Ele encerra a ligação e joga o telefone na cama, ainda sorrindo para mim.

— Que foi? — pergunto com a boca cheia de pão e vegetais.

— Chegou uma carta da UCLA. Recebi uma oferta adiantada para o ano que vem.

Engulo.

— Sério? — Olho para ele de boca aberta.

Jamie assente com o entusiasmo estampado no rosto.

— Isso é incrível! — Deixo o sanduíche no prato e pulo da cama. Corro para o outro lado e o abraço, ele me aperta com força.

— Não consigo acreditar nisso! — diz.

Apoio a cabeça em seu peito.

— Eu nem sabia que era possível receber uma carta de aceitação com tanta antecedência. — Devia saber, considerando que também me candidatei à mesma universidade como parte do plano de nós três mudarmos para Los Angeles.

— Ah, é. — Ele se afasta e massageia a nuca. — Não esperava entrar. Já contei que meus pais estudaram lá, né? Eles sempre falaram sobre como eu estudaria lá um dia. Estão malucos.

A realidade do que isso significa começa a se impor. Está acontecendo. É quase hora de sair do colégio, de Melbourne, e começar de novo.

— UCLA. Você é o primeiro a ter certeza de que vai voltar pra cá, pros Estados Unidos!

— Acho que sim. — Ele sorri.

Sento de novo na cama e esfrego as mãos para cima e para baixo nas coxas.

— Não se preocupe — ele diz. — Você também vai entrar. E Charlie vai fazer o que quer. Vai ser muito legal.

Assinto devagar.

— Sim, é claro. — Ficamos em silêncio por um ou dois minutos. Quero ficar feliz por ele, e estou, em grande parte, mas não posso negar que isso me deixa nervosa.

Eu sabia que esse momento chegaria. O assunto de todo mundo este ano é a formatura, a universidade e o futuro. Mas pensei que esse momento específico não chegaria por mais seis meses, pelo menos. Não devia acontecer ainda. Devíamos ter mais tempo.

Ouço o barulho da porta, e em seguida Charlie entra no quarto, interrompendo nossos pensamentos.

— Hum... — ela suspira. — Esse cheiro é de batata frita?

— Ei! — Levanto e aceno para ela. Charlie aponta para o meu prato, massageia a barriga e eu dou risada. — Pode pegar.

— Obrigada! — Ela se joga na cama. — Estou morta de fome.

Charlie pega uma batata.

— Jamie, você está bem? Lamento muito por Reese.

Pulo da cama.

— O gelo! — Corro para o frigobar e pego um pouco de gelo, embrulho em uma toalha de mão e volto para perto de Jamie. Seguro o gelo sobre seu rosto com cuidado.

Ele olha para mim enquanto fala com Charlie.

— Estou bem. Mas odeio aquele cara, sério.

Sinto uma onda de eletricidade me invadir quando ele olha nos meus olhos, fazendo eu me sentir exposta. Entrego o gelo para ele e olho para Charlie.

— Reese é o maior idiota que conheço. Mas você não precisa se desculpar, Charlie.

Ela dá mais uma mordida na batata.

— O que aconteceu, aliás? Vocês estavam conversando, e de repente Reese estava no chão.

Aceno como se não fosse importante, querendo muito esquecer o que aconteceu.

— Não importa. Ele só estava falando merda.

— Como sempre — Jamie acrescenta.

Charlie se encolhe.

— Vocês não vão acreditar. — Ela engole. — Mas ele me disse que quer voltar.

— Hã? — Jamie reage como se tivesse ouvido mal.

— Mentira — eu falo, certa de que ouvi corretamente, mas incapaz de processar a informação.

Charlie assente.

— Isso mesmo. Ele quer voltar a namorar.

— E você disse...? — Arrasto o *disse*, olhando para ela com os olhos meio fechados.

— Não! É claro que eu disse não.

Suspiro aliviada.

— Graças a Deus.

Jamie passa a ponta dos dedos pela barba que começa a nascer em seu queixo, aparentemente confuso.

— Como ele pode pensar que você sequer consideraria essa possibilidade?

Charlie balança a cabeça.

— Acho que ele estava bêbado. Enfim, quando esse fim de semana acabar, não quero mais nem ver a cara dele. Só quero ir para Los Angeles com vocês, filmar a sequência do filme e esquecer esse cara de vez.

— Falando em mudar para Los Angeles... — Balanço as sobrancelhas para Jamie.

Charlie inclina a cabeça para o lado.

— O quê?

Cutuco Jamie com o ombro.

— Conta pra ela!

Ele conta sobre a UCLA, e Charlie grita. Seguro o sorriso, levanto e entro no banheiro enquanto eles comemoram. Tranco a porta, me debruço sobre a pia e olho para o espelho.

— Está tudo bem — cochicho para mim mesma. — Você vai ficar bem. Isso é bom pra eles. Você também vai entrar. — Respiro fundo. — Não vai ficar pra trás.

Passo as mãos no cabelo distraída, afagando a parte raspada para sentir os fios espetados. Forço um sorriso para o reflexo tentando me animar, e acabo me analisando. Tento não ficar deprimida, mas é difícil quando já estou me sentindo desanimada.

* * *

Acho que sou o que as pessoas chamam de curvilínea, embora não tenha cintura. Mas tenho barriga. E peitos. E quadril. E coxas. E um queixo duplo do qual me envergonho e que tento esconder nas fotos inclinando a cabeça de um jeito específico. Sempre fui o que chamam de criança "gorducha". Na maior parte do tempo, não prestava atenção à minha aparência quando era criança, estava ocupada demais construindo castelos de LEGO e jogando videogame. Mas depois comecei a segunda metade do fundamental, e todas as garotas à minha volta começaram a falar de dieta e beliscar a barriga para comparar gordura e pneuzinhos. Todo mundo estava crescendo e se transformando em adolescente com formas, enquanto eu ia ficando cada vez mais redonda. Comecei a perceber que os gordinhos eram expostos na escola e na televisão, e poderia ter enveredado pelo caminho da falta de autoestima, mas aí eu conheci a Charlie.

Charlie é muitas coisas, mas insegura não é uma delas. No começo me senti intimidada por sua personalidade extrovertida e pela confiança nível Beyoncé, mas ela me adotou como protegida, e logo descobri que Charlie é doce, bondosa e muito protetora com as pessoas de quem gosta.

No primeiro dia do sétimo ano, a professora me pôs sentada ao lado dela. Ela sorriu e se apresentou, e eu não falei nada. A aula estava para começar, mas alguém bateu na porta. Uma mulher bateu na vidraça e sorriu na minha direção. Ouvi a exclamação sufocada de Charlie. Era a mãe dela, sorrindo, acenando e radiante de orgulho. Ela abriu um pouco a porta e sussurrou alguma coisa em mandarim, e Charlie levantou depressa, sussurrou uma resposta e fechou a porta. A professora perguntou se estava tudo bem, e Charlie explicou que a mãe dela só queria conhecer sua sala. Lembro de ter ficado muito constrangida por ela na época, mas agora só acho que foi um gesto muito carinhoso.

Quando ela sentou novamente a meu lado, criei coragem, me inclinei e cochichei:

— Tudo bem?

Ela sorriu para mim e disse:

— Tudo bem.

Outra garota que sentava perto de nós virou para ela com os olhos arregalados e cheios de horror.

— Não está com vergonha?

Charlie a encarou com ar curioso.

— Não. Por quê? Minha mãe tem orgulho de mim. Eu nunca me envergonharia disso. — Ela riu, e eu ri com ela.

Nós nos tornamos inseparáveis. Dormíamos na casa uma da outra, espionávamos as suas duas irmãs mais velhas na casa dela e passávamos a noite toda vendo filmes na minha casa. Ela me deu um curso rápido sobre as maravilhas do fandom on-line e de videogames, e sempre sabia quais youtubers seguir.

Eu sempre a comparei a um incêndio na floresta: incontrolável, em constante movimento para onde o vento a levar, e acendendo uma chama em todos os lugares por onde passa. E tem eu, a garota atormentada por preocupação e ansiedade, a estraga-prazeres. A gente se equilibra bem.

Não me entenda mal: isso não é tudo que somos. Como todo mundo, não somos definidas e imutáveis. Às vezes, quando quero, eu sou o incêndio.

Uma vez, quando Charlie e Reese começavam a desmoronar, eu a defendi. Charlie e eu estávamos no quarto dela vendo um dos vídeos da Alyssa. Ela entrevistava uma popular blogueira feminista sobre uma coisa chamada interseccionalidade. Reese entrou quando a blogueira começava a falar sobre bissexualidade, e não conteve um gemido. Charlie fechou o laptop e perguntou a ele qual era o problema.

— Não sou homofóbico nem nada — ele respondeu levantando as mãos. — Sou favorável ao casamento gay e tudo isso, mas bissexualidade? Não acredito que isso seja real.

Prendi a respiração, porque sabia sobre a sexualidade de Charlie havia anos.

Charlie levantou-se e cruzou os braços.

— Como assim?

Ele deu de ombros e deitou na cama dela como se eu nem estivesse ali.

— Só não acredito em bissexuais.

— Como assim, não *acredita* em bissexuais? Não são criaturas míticas — reagi. — São pessoas de verdade, como você.

Ele se mexeu incomodado, e Charlie suspirou.

— Reese, eu sou bissexual. Você acredita em mim?

Ele sentou e a encarou como se de repente visse uma pessoa totalmente diferente.

— Você? Mas você está comigo.

— E daí? Ainda sou bi.

Ele a encarou com os olhos meio fechados, e os dois ficaram em silêncio por um tempo, como se ambos esperassem o outro se desculpar. Pensei que talvez devesse ir embora, mas estava amedrontada demais para me mexer.

Quando Reese finalmente falou alguma coisa, teria sido preferível ficar quieto.

— Mas como pode saber que é bi? Já ficou com uma garota?

Lembro de ter visto a frustração estampada no rosto de Charlie, por isso falei.

— Como soube que era hétero antes de ficar com uma garota, Reese?

Ele arregalou os olhos e pulou da cama.

— Olha só, já falei que sou a favor da igualdade, dos direitos gays, essas coisas. Isso é tudo que vou dizer. — E saiu do quarto.

Charlie caiu na cama e bufou.

— Ele é a favor da igualdade, mas nem acredita que a bissexualidade exista. — E esfregou os dedos na testa, na região entre os olhos, como se tivesse uma dor de cabeça. — Não dá pra escolher a igualdade de quem você apoia. Isso não é igualdade. — Ela falava em voz baixa, como se fosse só para ela.

— Você está bem? — perguntei, preocupada com como Reese parecia entrar na cabeça dela e fazê-la duvidar de si mesma. Charlie assentiu, abriu o laptop e deu play no vídeo. Nunca mais tocou nesse assunto. Seis meses depois, ela e Reese terminaram o namoro.

Ouvi a porta do nosso quarto abrir e fechar, então me recompus e voltei para lá. Charlie havia saído, e Jamie estava sentado, apoiado na cabeceira da cama com o prato no colo, dando uma mordida no hambúrguer.

— Cadê a Charlie?

— Mandy pediu pra ela ir ao quarto dela se preparar para o painel de amanhã. Temos que inscrever essa garota no Projeto Leda, ela precisa de um clone. Assim vai poder fazer todas essas coisas de imprensa e ainda ter tempo pra nós.

Dou risada e sento na cama para terminar de comer meu sanduíche.

— Isso tudo é muito legal, não é? Nós três nos mudando pra Los Angeles?

— Sim, é demais. — Ele está olhando para mim. Eu sinto. — Mas também é meio triste.

Eu me viro para olhar para ele, e Jamie fita o prato.

— Tipo, sair de casa, ficar longe da família — diz. — E é assustador começar a faculdade, especialmente em um lugar novo.

Suspiro aliviada.

— Você também acha?

Ele levanta as sobrancelhas.

— É claro que sim. Tive muito medo de me mudar para Melbourne e ir pra uma escola nova, e agora está acontecendo de novo. Os últimos quatro anos foram divertidos, e é meio chato pensar que tudo isso logo vai mudar.

Belisco o sanduíche, tiro um pedaço do pão e faço uma bola com ele antes de pôr na boca. Ficamos sentados em silêncio, comendo nossas batatas e vendo televisão. Olho para a tela e penso em nós. Jamie entrou em cena no nono ano, dois depois de Charlie e eu termos nos tornado amigas, e logo éramos um trio de melhores amigos.

Comecei a ficar a fim dele na primeira vez que o vi, no primeiro dia dele na nossa escola, quando chegou de Seattle. Em uma manhã antes da aula, ele lia o primeiro livro da Rainha Firestone sentado em uma escada. Usava uma touca cor de vinho e camiseta do *Star Wars*, e eu fiquei encantada. Só um ou dois meses mais tarde ele falou comigo de verdade. Ouvi seu sotaque americano e me apaixonei. Comecei a imaginar nós dois casados, morando nos Estados Unidos, entre a placa de Hollywood e o Empire State Building (aos catorze anos, geografia não era meu ponto forte), vivendo felizes para sempre.

Não foi assim que aconteceu.

Com exceção daquele "não encontro" esquisito, não aconteceu mais nada nem ligeiramente romântico entre nós. Em vez disso, descobrimos um amor em comum por filmes de ficção científica, os livros Firestone, Nintendo, e nos tornamos amigos instantâneos, e é assim até hoje. Nos filmes, a faculdade muda tudo. Casais se separam, pessoas mudam, amigos param de se ver.

Amigos. Param. De. Se. Ver.

Isso é o que realmente me assusta.

Lembro o que eu disse antes: "não tem como ficar melhor". Com tudo prestes a mudar, talvez *nunca* fique melhor que isso. Estou começando a perceber quanto esses dois esquisitos são importantes para mim. De vez em quando, olho para Jamie. Durante todos estes anos, pensei que um dia seríamos mais que amigos. Parecia impossível e inevitável ao mesmo tempo. Mas agora é dolorosamente claro que isso nunca vai acontecer.

Quando fazer amigos é a coisa mais difícil do mundo, você não se arrisca a dizer a um deles que é apaixonada por ele.

CAPÍTULO 12

CHARLIE

O SOM DE "RUN THE WORLD" DA QUEEN BEY ME ACORDA ÀS NOVE DA manhã. Aperto o rosto contra o travesseiro e estico o braço, tateando o criado-mudo para desligar o despertador. Aciono a soneca e me viro para o outro lado, mas sento quando vejo Jamie e Taylor dormindo na mesma cama. O quarto estava tão escuro quando cheguei ontem à noite, que deduzi que Jamie estava no sofá.

Eles devem ter adormecido vendo televisão enquanto eu estava com a Mandy. Não consigo não sorrir quando vejo como eles estão lindos juntos, de frente um para o outro, próximos o bastante para se tocarem, mas sem fazer contato físico. A imagem resume perfeitamente o relacionamento entre eles: os dois querem proximidade, mas não uma proximidade suficiente para revelar o que sentem um pelo outro.

Pego o travesseiro e jogo na cama deles para acordá-los. Acerto a cabeça de Taylor, mas ela nem se mexe. Jamie esfrega os olhos e tira o travesseiro da cabeça dela com cuidado, depois joga em mim e acerta meu rosto. Eu caio de costas na cama rindo.

— Gente — falo. — Acordem! Tenho a manhã livre antes do painel. Vamos fazer alguma coisa!

Jamie se apoia sobre um cotovelo.

— Tipo o quê?

Tay acorda gemendo e resmungando alguma coisa sobre voltar a dormir.

Pulo da minha cama na deles.

— Vai, a gente nem teve chance de ficar junto esse fim de semana.

Ela abre os olhos, e faço meu melhor biquinho, o que a faz rir.

— O que quer fazer? — ela pergunta bocejando, e eu sorrio.

Uma hora mais tarde, estamos alimentados, de banho tomado, cheios de cafeína e explorando os corredores da SupaCon. Estamos ali há poucos minutos quando Tay segura meu braço com as duas mãos e aperta, aperta tanto que acho que ela vai arrancá-lo.

— Charlie — ela sussurra, os olhos maiores que o sorriso. — Olha! — E aponta para a multidão.

Pela janela com vista para a rua, vejo alguma coisa dourada e brilhante, maior que minha casa.

— Aquilo é…?

Tay assente tão depressa que parece um boneco com pescoço de mola.

— Um *castelo saltitante* da Rainha Firestone! — Ela se vira para procurar Jamie, que está analisando uma caixa do *Naruto* no estande da Viz Media. Ela o cutuca e sorri. — Jamie, olha!

Ele olha na direção apontada por Tay e ri.

— Você morreu e foi para o céu, não é?

Tay repete o movimento frenético com a cabeça.

— Vem comigo?

— Não. Eu encontro vocês lá. Estou na minha versão do paraíso, mangá e anime!

— Divirta-se! — Tay segura meu braço e me puxa pelo meio de toda aquela gente.

Quando entramos na fila, noto que os dois adolescentes na nossa frente estão olhando para mim. A princípio acho que estão só admirando minha camiseta da Ms. Marvel, mas um deles se vira para trás e pergunta:

— Você é Charlie Liang?

Fico paralisada por um momento, tentando me lembrar de onde os conheço, mas em seguida entendo que eles me reconhecem do meu trabalho e me encho de orgulho.

— Sim! Sou eu! Vocês assistiram *The rising*?

Um dos meninos dá uma cotovelada leve no outro.

— Falei que era ela!

O primeiro garoto sorri para mim acanhado.

— Não reconheci, o cabelo está muito diferente. E não, ainda não vimos *The rising*, mas vamos ver na semana que vem, e estou ansioso! — Ele estende a mão. — Sou Eric, e este é meu namorado, Jayesh.

— Assistimos o seu canal o tempo todo — o segundo garoto acrescenta quando aperto a mão dele.

— Isso é muito legal! Obrigada!

Apresento Tay no instante em que Jamie se junta a nós.

— Vai postar no vlog enquanto estiver aqui? — Jayesh pergunta.

A fila anda, e nós damos alguns passos.

— Espero que sim. Talvez faça um collab com uma youtuber bem conhecida.

Eles arregalam os olhos.

— Quem? — perguntam em uníssono.

Respondo que ainda não posso contar, e eles começam a recitar nomes. Quando falam Alyssa Huntington, faço cara de quem não sabe de nada, mas não consigo disfarçar.

— Ai, meu Deus! — diz Eric. — Amo essa garota! Vocês duas vão arrasar com um collab!

Levo o dedo indicador aos lábios e sorrio.

— Não contem pra ninguém. Ainda não é nada oficial.

Eric põe a mão sobre o coração.

— Seu segredo está seguro com a gente.

Ficamos conversando enquanto esperamos, depois tiro algumas fotos com eles, e logo estamos subindo no castelo.

Lá dentro é meio escuro e desorientador, e Tay segura minha mão. Jamie se adianta, pula com tanta força que nos joga para cima.

Eric e Jayesh pulam a nosso lado de mãos dadas, depois Jamie voa na nossa direção e erra por pouco, aterrissando de cara. Tay estende a mão para ajudá-lo a levantar, e todos nós rimos tanto que não conseguimos falar. Nós três pulamos em círculo, de mãos dadas e girando demais para quem acabou de tomar café. Percebo que Tay solta minha mão toda hora para segurar a saia, e espero que não esteja muito constrangida. Mas o sorriso em seu rosto confirma que ela está se divertindo, mesmo que esteja acanhada. Quando tudo perde o foco à minha volta, penso ver um rosto conhecido na multidão do lado de fora. Fico tão distraída que perco o equilíbrio e caio sentada, com a cabeça ainda girando.

Levanto a mão e dou um tapa na coxa de Tay.

— Ei, estou vendo coisas, ou aquela é...?

Ela solta uma exclamação e cai do meu lado, tentando recuperar o fôlego.

— Alyssa... Huntington... lá fora!

Jamie senta ao lado dela, ainda rindo.

— Alyssa Huntington está bem ali — diz Tay. — Está olhando pra nós.

Ela está longe, mas me vê. Percebo pelo sorriso.

— Acho que eu devia acenar ou alguma coisa assim, não?

Tay e Jamie assentem, e eu aceno. Alyssa acena de volta, e ouço Tay dar um gritinho.

— Vai lá! — ela diz.

— Não — respondo. — Viemos pra cá juntos, e eu tenho que ir pro painel em, tipo, cinco minutos, de qualquer jeito.

Jamie levanta desajeitado e começa a pular do meu lado, me jogando para cima.

— Vou continuar pulando até você ir lá falar com ela.

Tay dá risada e fica em pé para se juntar a ele no esforço de me tirar do castelo.

— Tudo bem! — eu digo. — Eu vou, eu vou. Vejo vocês depois do painel.

— Legal — Tay aprova, me empurrando para a porta. — Vai lá!

Alyssa fala alguma coisa para a pessoa que a acompanha quando eu me aproximo. A pessoa assente, e Alyssa dá alguns passos à frente para me encontrar.

— Ei — ela fala com um sorriso lindo. — Parece que está se divertindo.

Aponto para o castelo com o polegar.

— Devia ir lá. É como ser criança de novo.

— Eu iria, mas estou a caminho de um encontro com fãs. — Ela olha para a pessoa que a acompanhava, que aponta para o relógio. Alyssa concorda balançando a cabeça. — Quer ir? — ela pergunta com tom casual, mas o jeito como olha para mim e espera a resposta me faz pensar que não tem nada de casual nisso.

Franzo a testa e ponho as mãos nos bolsos.

— Não posso, que pena. Tenho um painel do *The rising* daqui a pouco. Preciso ir pra sala verde.

Ela dá de ombros.

— Legal.

Quero muito vê-la de novo, por isso ignoro o nervosismo e me arrisco.

— Mas tenho um tempo livre mais tarde, se quiser fazer aquele collab.

Um sorriso largo ilumina seu rosto.

— Adoraria. — A pessoa se aproxima, bate em seu ombro e ela dá um passo para trás. — Eu mando uma mensagem.

Deixo escapar um suspiro feliz.

— Legal, combinado. A gente se vê depois!

Ela pisca.

— Mal posso esperar.

Vejo Alyssa se afastar e repriso a piscada sexy muitas e muitas vezes em minha cabeça.

Sento à mesa comprida, impressionada por ver meu nome escrito certo na plaquinha. Sorrio e aceno para a multidão que aplaude e grita.

A plateia se acalma, e o moderador começa o evento. Tim Richards, diretor de *The rising* e sua sequência, está sentado a meu lado. Reese devia estar aqui, mas Mandy me avisou que ele não está bem. A plateia foi informada de que ele tinha outro compromisso, mas a verdade é que está dormindo para curar o porre de cerveja. Seja qual for o motivo, é bom estar finalmente livre dele.

Sentada ali diante de todos esses fãs, eu me sinto honrada e completamente perdida.

É só ficar calma.

A primeira pergunta é para o Tim.

— É verdade que vai haver uma continuação?

— Sim.

A plateia aplaude e grita por uns trinta segundos. Quando todos se acalmam, ele continua:

— É uma grande alegria anunciar que vai ter uma continuação. Eu li o roteiro, e estou muito animado.

A segunda pergunta é para mim, e eles não perdem tempo para abordar o assunto que interessa a todos.

— Charlie, você e Reese participam da sequência, embora não estejam mais juntos?

Sorrio, tentando esconder o nervosismo.

— Eu volto para a continuação, mas o Reese, não. — Tenho a sensação de que ela quer que eu explique, mas paro por aí.

Tim se inclina para a frente.

— Presumo que todos aqui tenham visto *The rising*, mas caso alguém não tenha visto, vou dar um grande spoiler agora, então, tampem os ouvidos. — Ele espera, e algumas pessoas realmente tampam os ouvidos. — O personagem de Reese, Will, morreu no fim do filme. Ele não vai voltar nem como zumbi.

Algumas risadas na plateia. O moderador passa à pergunta seguinte, que é para mim:

— O que acha de todos os fãs que ainda apoiam com tanta persistência o ship Chase?

Mordo o lábio inferior e me mexo na cadeira incomodada.

— Acho muito legal saber que os fãs se preocupam tanto com a gente. Dividimos muito do nosso relacionamento com eles, e os fãs se conectaram de verdade com nossa história. Muitos se sentiram fazendo parte dela, o que eu entendo, porque também me senti desse jeito em relação a alguns casais, mas quando rompemos, eu me surpreendi por ver pessoas tão arrasadas. As pessoas subiram vídeos delas mesmas chorando no YouTube. Foi difícil de ver. — Pigarreio. — Espero que todo mundo consiga superar, mas eu estou feliz de verdade. E não é segredo que Reese já superou.

A plateia ri. Eu não devia ter dito isso, provavelmente.

Nesse momento, vejo Alyssa enfiando a cabeça na fresta da porta do staff no fundo da sala. Ela sorri e acena para mim antes de desaparecer de novo.

Foi tudo tão rápido, que talvez eu tenha só imaginado. Mas meu celular vibra em cima da mesa, e vejo uma mensagem.

Alyssa: Não deu pra ficar, estou a caminho de outro encontro. Você está ótima aí. O holofote combina com você. Fico livre em uma hora, se quiser fazer aquele collab. Hotel Hilton, quarto 546.

Se eu não estivesse em cima de um palco na frente de mil pessoas, faria uma dancinha de alegria.

CAPÍTULO 13

TAYLOR

UNS DEZ MINUTOS DEPOIS DE CHARLIE NOS DEIXAR, JAMIE E EU SAÍMOS do castelo saltitante exaustos, mas cheios de energia de tanto rir.

— Pra onde? — pergunto, olhando para a rua cheia de gente.

— Vem comigo — ele diz. — Tem uma coisa que eu quero que você veja. — E me leva para dentro da área principal e além dos corredores, até chegarmos ao fundo do espaço. — Vi isso aqui quando estava olhando o mapa da SupaCon mais cedo. Fica aqui e fecha os olhos.

Ele cobre meus olhos com as mãos e me vira para o outro lado. Seu toque faz meu coração dançar. Ele tira as mãos.

— Pode abrir.

Abro os olhos e vejo um corredor estreito e sinuoso lotado de gente. Um arco na entrada tem a inscrição VIA FIRESTONE em letras cursivas douradas.

Dou um grito. Decido nesse momento que nunca mais vou sufocar meus gritos de entusiasmo.

— Santa maravilha, Batman! Li sobre isso no blog da SupaCon na semana passada. É maior do que eu imaginava. Quer entrar? — pergunto com os olhos arregalados e suplicantes.

Ele sorri.

— Quero passar as próximas cinco horas vendo você olhar com adoração pra todo o movimento lá dentro? Tá, por que não. — Ele me cutuca. — É claro! Por que acha que trouxe você aqui?

Grito de novo. Controlo o sorriso e adoto uma expressão séria.

— Vem comigo, se quiser bancar a fangirl — convido com minha melhor imitação do Arnie, e rio do meu humor histérico.

Ele balança a cabeça e ri.

— Legal, Taylornator. Só me promete que não vai ter uma overdose de Rainha Firestone — ele brinca. — Não conheço manobras de ressuscitação.

Seguro a mão dele e o puxo para a fila da Via Firestone.

— Não posso prometer nada.

Passar pelo arco é como atravessar um portal para outro mundo – meu mundo favorito.

— É como estar em Everland! No mercado do vilarejo! — Bato palmas rapidamente e começo a andar lentamente pelas barracas, querendo ver tudo que puder. É tudo tão lindo, que não sei para onde olhar primeiro. Duas menininhas começam uma luta de espadas na frente de um estande que vende adagas, espadas e armaduras para cosplay.

— Eu sou a verdadeira rainha! — uma delas grita.

— Nã-ão! — a outra protesta. — Eu sou!

Paro diante da mesa coberta de joias prateadas e pedras preciosas, pego as mais brilhantes.

— Tay! — Jamie chama, e me viro a tempo de vê-lo enfiando a cabeça entre as roupas de uma arara do outro lado da rua. — Muito estilo!

Corro para ele, eufórica por ver dezenas de camisetas Firestone do meu tamanho. Depois de olhar tudo e pensar muito, escolho três: duas camisetas pretas com a inscrição Rainha Firestone e uma camiseta de manga comprida com a inscrição SKYLER É MINHA ÚNICA E VERDADEIRA RAINHA.

Olho quanto tenho na carteira, tentando calcular quanto posso gastar.

— Ainda bem que deixei espaço na mala pras compras.

Andamos por mais uma hora, até ficarmos com tanta fome que conseguimos ouvir o estômago roncar no meio de toda aquela gente. A caminho da lanchonete, Jamie me faz parar.

— Tay, olha — ele diz, apontando para a seção de quadrinhos. Ele fica todo animado.

— Vamos dar uma olhada — sugiro, porque sei que os quadrinhos são para ele o que os livros são para mim. Andamos em linha reta para o corredor mais próximo, e ele é instantaneamente atraído pelo estande da Marvel. Continuo andando e encontro o Beco do Artista. Noto uma garota conhecida sentada quieta atrás de uma mesa forrada por uma colorida seleção de graphic novels e me aproximo para dar uma olhada.

A garota me encara nervosa por um momento, depois sorri.

— Oi.

— Oi — respondo, lembrando quem é ela. — Lembra de mim? Taylor? Guardei seu lugar na fila de autógrafos da Skyler.

Seus olhos brilham quando ela me reconhece.

— Ah, é verdade! Oi!

Pego um de seus trabalhos. O desenho de capa é uma menina de óculos com pose de super-heroína e sorridente. Pelo título, acho que o nome dela é Valentina, e os créditos identificam escritora e ilustradora com o mesmo nome, Josie Ortiz.

— Uau, você fez isso?

Ela sorri para mim.

— Sim.

Olho para a capa admirada com seu talento, mas as palavras na parte de baixo fazem meu coração parar: *A primeira graphic novel do mundo estrelando uma protagonista autista!*

Seguro o livro animada.

— Caraca! Isso é sobre uma garota autista?

— Isso. É baseada na minha vida.

Olho para ela e pisco duas vezes. Quero pular por cima da mesa e abraçá-la, mas abraço o livro, em vez disso.

— Hum… — Começo, passando as unhas no meu braço. — Eu também tenho transtorno do espectro autista.

Os olhos dela se iluminam.

— Sério? Você também é Asperger?

Respondo que sim, balançando a cabeça e olho para o chão.

— Sim. Nunca conheci outra garota Asperger. Quero dizer, não que eu saiba. Devo ter conhecido, mas não outra garota que *soubesse* que estava no espectro. — Estou balbuciando, por isso paro por um instante. — Isso faz sentido?

Josie dá uma risadinha.

— Sim, faz todo sentido. — Ela levanta e se aproxima da mesa. — Na verdade, acabei de falar sobre isso no painel de Diversidade na Mídia. Quando percebeu que estava no espectro?

— Faz seis meses. Tudo ainda é muito novo pra mim. Estou um pouco confusa.

Ela parece me entender perfeitamente.

— É, pode ser uma adaptação complicada. Eu descobri há dois anos, mais ou menos, e ainda estou aprendendo. Primeiro fui diagnosticada como bipolar, um erro, depois minha terapeuta sugeriu Asperger, e aí tudo se encaixou.

— É, foi parecido comigo — respondo. — Comecei a fazer terapia para cuidar da minha ansiedade, e a psicóloga percebeu o transtorno.

Ela sorri com ar compreensivo.

— Eu também tinha transtorno de ansiedade. Principalmente ansiedade social, e transtorno de estresse pós-traumático por causa do bullying na infância.

— Sério? Mas você acabou de dizer que participou de um painel diante de toda aquela gente…

Ela suspira e assente.

— Eu sei. Quase vomitei antes de começar. — Acho que estou olhando para ela com cara de pânico, porque ela ri. — Tudo bem. Eu não vomitei.

Balanço a cabeça.

— Eu nunca seria capaz de fazer nada parecido.

— Eu pensava a mesma coisa, até estar em cima do palco. Mas adoro minha arte, e foi uma grande chance de mostrá-la às pessoas. E adoro a SupaCon, me sinto acolhida aqui, e isso ajudou. Meu entusiasmo foi mais forte, e isso transformou a ansiedade em algo que eu estava disposta a enfrentar hoje. Mas em outros dias, a ansiedade, os episódios de descontrole, o estresse pós-traumático, tudo isso vai vencer. Mas não hoje. Eu só tento me concentrar nisso e cuido bem de mim, especialmente depois. Ressaca social é um horror.

— Ressaca o quê?

— Ressaca social. É como uma ressaca normal, mas em vez de ser provocada por excesso de álcool, ela é causada por muita exposição social e superestimulação dos sentidos.

— Eu tenho isso! — exclamo.

Ela ri.

— É, acho que é bem normal pra quem está no espectro ou sofre com a ansiedade.

— Como lida com isso?

— Bem, tentei de tudo. Meditação e terapia são ótimas. Também tentei terapias naturais. Ioga, acupuntura, meditação, aromaterapia. E muitas dessas coisas me ajudaram a relaxar. Mas só quando entrei em alguns fandoms on-line e comecei a levar a ilustração a sério, minha ansiedade se tornou mais fácil de administrar. É muito clichê, mas assim que passei a fazer mais coisas que me deixam feliz, comecei a ter mais facilidade pra lidar com o resto.

Levanto as mãos abertas.

— Espera... está dizendo que a vida geek te ajuda a lidar com tudo isso?

Ela assente.

— Melhor que qualquer outra coisa.

Balanço o corpo de um lado para o outro por um momento, tentando pensar no que dizer a seguir. Quero continuar conversando com ela. Tem muita coisa que eu quero perguntar, e de repente tudo transborda de mim.

— No começo, eu odiei. Sentia que não tinha esperança, que nunca me encaixaria em nada, por mais que tentasse, e tudo seria sempre difícil pra mim. — Meu lábio inferior começa a tremer, mas eu sigo em frente. — Luto todos os dias, e muitas vezes isso não é suficiente, e o medo vence. Sou muito fraca, tudo é muito intenso, e às vezes eu odeio isso de verdade.

Arfo e cubro a boca com as mãos, enquanto lágrimas transbordam de mim. Não pretendia falar tudo isso. Estou me sentindo exposta.

Lágrimas inundam os olhos dela também.

— Posso te dar um abraço?

Balanço a cabeça para cima e para baixo, incapaz de falar. Ela contorna a mesa e me abraça.

— Eu entendo. Acredite em mim, sei exatamente como se sente. — Ela me solta e recua um passo, enxugando os olhos. — Mas por favor, por favor, não diga que você é fraca. Você não é. Pessoas como nós… — Uma pausa para pigarrear quando mais lágrimas se derramam de seus olhos — Nós somos corajosas. Somos aquelas que se levantam e enfrentam seus piores medos todos os dias. Continuamos lutando.

Ela cruza os braços e desvia o olhar. Está ficando agitada, e a culpa é minha.

— Vamos dizer… — Ela para e olha para mim novamente. — Digamos que alguém tem pavor de altura, e pra sair de casa todos os dias precisa andar por uma corda a cinquenta andares do chão. Todo mundo diria: "Ah, ela é muito corajosa. Enfrenta a altura todos os dias". É isso que fazemos. Andamos na corda bamba todos os dias. Sair de casa é uma corda bamba. Ir ao supermercado comprar comida é uma corda bamba. Socializar é uma corda bamba. Coisas que muita gente considera normais, partes da vida diária, são justamente as coisas que mais tememos e com que mais nos debatemos, mas estamos aqui, seguindo em frente do mesmo jeito. Isso não é fraqueza. — Ela segura minhas mãos. — Nós somos as corajosas.

Não sei o que dizer, e mesmo que soubesse, acho que não conseguiria falar.

As palavras dela me transformaram, acenderam em mim alguma coisa que eu não sabia que estava ali.

— Você está bem? — ela pergunta.

Respondo que sim com um movimento de cabeça e tento sorrir para tranquilizá-la.

— Escuta — ela fala. — Coisas do cotidiano podem ser mais difíceis pra nós, mas isso não nos torna erradas ou menores que as outras pessoas. Levei muito tempo e me odiei muito até entender isso. Todo mundo tem seus pontos fortes. E todo mundo tem sua kriptonita.

Minha garganta dói de tanto chorar, então só assinto e sussurro:

— Obrigada.

Compro a graphic novel, e Josie a autografa para mim. Depois ela abre a bolsa e pega um cartão.

— Aqui tem todos os meus contatos. E-mail, Twitter, Tumblr, Insta etc. Espero que me procure.

— Eu vou procurar. — Dou a ela meus endereços nas redes sociais para podermos nos seguir.

Jamie se aproxima com uma sacola cheia de quadrinhos.

— Ah, achei você!

Mostro *Valentina* para ele, apontando a frase onde ela se revela autista, e vejo suas sobrancelhas subirem.

— Isso é muito legal.

— Essa é a Josie. Lembra dela da fila de autógrafos da Skyler? Ela é autora do livro.

Jamie se apresenta, pega uma cópia em cima da mesa e compra imediatamente.

CAPÍTULO 14

CHARLIE

SAIO DO ELEVADOR E OLHO OS NÚMEROS NAS PORTAS, PROCURANDO o quarto 546. Quando o vejo no fim do corredor, respiro fundo, ajeito o cabelo com a mão e ando até lá. Bato na porta com delicadeza.

A porta é aberta, e lá está ela. De camiseta branca solta e legging roxa com estampa de galáxia, ela parece muito relaxada e linda.

— Oi — diz sorrindo.

— Oi.

Alyssa dá um passo para o lado e puxa a porta para mim, e eu entro acanhada.

— Quer beber alguma coisa? — ela pergunta ao fechar a porta. — Tem refrigerante, suco, água… ou posso pedir serviço de quarto.

— Ah, só água, obrigada. — Olho em volta. O quarto é enorme, muito maior que o meu. É muito chique e moderno, todo em branco e cinza e cheio de ângulos marcados, com janelas amplas que se abrem sobre a cidade. — Uau, que vista!

— Devia ver quando o sol nasce — ela comenta, abrindo o frigobar para pegar uma garrafa de água. — Pronto.

— Obrigada. Então, onde quer filmar? — Bato na bolsa a tiracolo onde levo meu equipamento.

Ela olha em volta.

— Bem, a luz é melhor aqui. Acho que a gente pode sentar no sofá e ligar a câmera ali? — E aponta para a mesinha de café.

— Sim, acho que fica bom. — Ponho a bolsa no chão ao lado do sofá e começo a preparar tudo. — Pensei em fazer uma sessão de perguntas e respostas. Limitamos em dez perguntas e nos revezamos pra responder?

Alyssa senta no sofá e cruza as pernas.

— Ótimo.

— Esses vídeos são sempre populares, e também são muito divertidos.

E também é um jeito excelente de saber mais sobre Alyssa, sem deixar muito óbvio meu interesse por ela.

Preparo a iluminação e tiro a câmera e o tripé da bolsa.

— Então — falo, olhando para ela de trás do tripé. — Está gostando da SupaCon?

O rosto dela se ilumina.

— Muito! Este é meu quinto ano seguido, e cada vez que venho eu gosto mais. — Ela se inclina para a frente, apoia os braços nos joelhos. — Mas sinto falta de poder andar pelo evento sem ser reconhecida. Nas primeiras vezes quase ninguém sabia quem eu era, mas agora…

Balanço a cabeça em sentido afirmativo.

— Talvez deva fazer cosplay. Dá uma de Bryan Cranston e usa uma máscara de uma das suas personagens pra ninguém saber que é você.

Ela ri.

— Isso seria incrível.

Monto a câmera no tripé e ligo para ajustar a cena. Vejo Alyssa na tela, olhando para mim. Seus olhos descem por meu corpo, e eu me arrepio como se o olhar fosse um toque físico. Engulo em seco e olho para ela.

— Legal. Pronta pra começar?

— Vamos nessa.

Aperto o botão de gravar e sento ao lado dela, tirando o celular do bolso e procurando listas aleatórias de perguntas e respostas.

— Muito bem — digo. — Encontrei um questionário. São perguntas completamente aleatórias, então, se não ficar à vontade pra responder uma delas, é só falar passa, e a gente edita o vídeo depois. Legal?

Alyssa assente.

— Legal.

Ponho o celular a meu lado no sofá.

— Vou fazer uma introdução rápida. Vou dizer onde estamos, te apresentar, você pode acenar, dar um oi ou alguma coisa assim, e então introduzo a tag e a gente começa.

— Ok. — Ela se ajeita no sofá para ficar mais perto de mim.

— Normalmente — continuo com um sorriso nervoso —, quando faço collabs, a outra pessoa se esconde até ser apresentada. Mas se não quiser...

— Não, tudo bem — ela me interrompe, e escorrega do sofá para o chão. Nós duas rimos de como tudo isso é estranho.

Olho para a câmera e sorrio.

— Oi, pessoal! — Aceno para os milhões de espectadores. — Sou Charlie Liang, e estou aqui na SupaCon! Hoje vou fazer um collab muito especial com uma pessoa incrível. Vocês a conhecem do vlog Alyssa Fala, webséries como *Venus soaring*, o filme indie *Dear Ruby* e seu trabalho mais recente, o assustador filme de terror *Stranger*. Estou muito feliz por estar aqui com ela, Alyssa Huntington!

Estendo as mãos, e Alyssa aparece acenando animada para a câmera.

— Oi! — Ela senta ao meu lado, dessa vez ainda mais perto que antes.

Tento não ler muita coisa no gesto. Ela pode estar apenas se enquadrando em cena.

Mas ela passa um braço sobre meus ombros.

Não leia muita coisa nisso.

— É muito bom estar aqui. — Ela olha para mim, seu rosto a centímetros do meu, os olhos na minha boca.

Não. Leia. Muita. Coisa. Nisso.

— O que vamos fazer hoje, Charlie?

Esqueci completamente.

— Hum... — Olho para baixo, procurando uma dica que me ajude a lembrar o que vamos abordar no vídeo. Pego o celular. — Vamos fazer uma sessão de perguntas e respostas!

Destravo a tela e vejo a lista.

— Legal, cada uma de nós tem que responder a essas perguntas o mais depressa possível, dizendo a primeira coisa que surgir na cabeça. Eu não li as perguntas, então vai ser surpresa pra nós duas. — Olho para Alyssa. — Pronta?

Ela tira o braço de cima dos meus ombros e esfrega as mãos.

— Pronta.

— Primeira pergunta: qual é seu programa de televisão preferido?

Alyssa balança a mão como se essa fosse fácil.

— *House of cards*.

— Ah, esse é bom! O meu é *The walking dead*.

Alyssa ri.

— Também adoro essa série!

— Segunda pergunta: prato favorito?

— Pizza. Com certeza. Adoro pizza.

— O meu é um prato da cozinha chinesa que minha mãe faz. É um *mapo doufu* com *tudou piar* e *mifan*. — Alyssa levanta as sobrancelhas, impressionada. — Basicamente, é tofu temperado com batatas fatiadas e arroz. É simples, mas me lembra de momentos divertidos à mesa de jantar com minha família.

— Deve ser ótimo.

— Ah, é! Terceira pergunta: último livro que leu?

Alyssa pensa um pouco, depois olha para a câmera.

— *Eu sou Malala*. É brilhante.

— Gostei muito desse livro. O último que li foi *You're Never Weird on the Internet* (*Almost*), da Felicia Day, e achei divertido e esclarecedor.

— Ah, eu quero ler esse!

— Leia. Ela é muito legal.

Rimos um pouco e tentamos nos recompor.

— Quarta pergunta: qual é seu maior medo?

— Hum — Alyssa pensa, comprimindo os lábios e entortando a boca para um lado. — Perder as pessoas que amo.

Olho para ela e me surpreendo com a emoção que vejo em seu rosto. Pigarreio e assinto.

— É meu maior medo também.

Ela olha nos meus olhos e sorri para mim.

Olho para o celular e leio a pergunta seguinte.

— Quinta pergunta: se pudesse ter algum superpoder, qual seria?

— Essa é boa — ela diz, se encostando à almofada com os braços atrás da cabeça. — Invisibilidade.

— Acho que o meu seria voar. Ou ler pensamentos.

Ela faz uma careta e olha para mim.

— É. Ler pensamentos seria bem útil, com certeza.

Ela continua olhando para mim, e me pergunto se tem alguma mensagem subliminar no comentário. Quero perguntar de quem são os pensamentos que ela gostaria de ler, mas lembro que a câmera está ligada e continuo.

— Sexta pergunta: como é seu dia ideal?

Alyssa se inclina para a frente e pensa:

— Eu estaria em uma cidade desconhecida. Talvez Paris ou Copenhague, sem nenhum compromisso marcado. Passaria o dia inteiro passeando, visitando museus, galerias de arte, restaurantes. Vendo as atrações, conversando com moradores, mergulhando na cultura. — Ela suspira feliz, e parece estar a milhões de quilômetros dali.

— Uau — respondo. — Isso é um sonho.

— Aham. — Ela volta à realidade e se vira para mim. — E o seu?

— Bem, eu ia dizer que é um dia no Universal Studios seguido por uma maratona de filmes com os meus melhores amigos, mas... acho que sua ideia é melhor.

Essa garota é um sonho.

— Sétima pergunta — eu falo. Leio a questão seguinte e hesito, mas decido ir adiante. — Você já se apaixonou?

Alyssa olha para a mesinha de café e sorri.

— Sim. Uma vez.

Sinto o olhar dela em mim, esperando pela resposta.

— Sim. — Tenho vontade de acrescentar "infelizmente", mas não quero incomodar as pessoas que torciam por Chase. — Oitava pergunta: quando era criança, o que queria ser quando crescesse?

Alyssa ri.

— Astronauta. Ou cientista.

— Ah, isso é incrível!

— É. — Ela endireita os ombros com orgulho. — Eu era maluca por ciências. E você?

— Quando era bem pequena, eu queria ser surfista profissional, depois designer de moda, mas aí descobri o YouTube.

Alyssa reage com espanto.

— Sabe surfar?

— Sei, e adoro.

— Isso é muito legal — ela diz, aparentemente impressionada, e essa era exatamente a reação que eu queria provocar. — Sempre quis aprender a surfar.

Vejo minha chance e a agarro.

— Devia ir pra Austrália. Eu ensino.

— Combinado.

— Nona pergunta: qual é o objeto sem o qual não consegue sair de casa?

— Tem duas coisas: meu celular e... — ela puxa uma corrente prateada com um crucifixo de prata que estava embaixo da camiseta — e este colar. Era da minha mãe. Nunca tiro do pescoço.

— É bonito — comento, sentindo a importância da peça para ela.

— Obrigada.

— Tudo bem, última pergunta! — Leio a lista para ver qual é a pergunta final, mas desisto quando a vejo. — Hum, na verdade, é isso! Acabou.

Alyssa inclina a cabeça.

— Tem mais uma. Estou vendo daqui.

Mantenho os olhos na tela e fecho a janela.

— Tudo bem, a gente não precisa ir até o fim.

Ela ri.

— Que foi? É constrangedora?

Olho para ela.

— Depende.

Ela inclina a cabeça na minha direção.

— Fala.

Minha risada é nervosa.

— Tudo bem. Era: você tem um crush?

Ela também ri, e balança a cabeça como se entendesse por que eu não queria perguntar.

— Sim.

— Sim o quê?

Ela olha para a câmera com expressão séria, embora a boca ainda esteja um pouco distendida.

— Sim, eu tenho um crush.

E olha para mim, apoiando um cotovelo no joelho e um lado do rosto na mão.

— Sua vez. — A sobrancelha erguida me desafia a responder.

Engulo em seco e fecho os olhos.

— Sim.

Alyssa se joga contra o encosto do sofá, rindo do meu constrangimento.

— Acho que você está vermelha.

Levo as mãos ao rosto.

— Não estou.

— Aham. — Ela ri. Depois segura minha mão e a afasta do rosto. E fica segurando, e eu olho para nossas mãos entrelaçadas sobre o sofá.

Meu coração dispara.

Minha boca seca.

Sinto a pele macia na minha, vejo como ela olha para mim com aqueles cílios longos, noto a luz vermelha da minha câmera de vídeo.

Ela se inclina para mim, uma das mãos segurando a minha, a outra afagando uma mecha do meu longo cabelo cor-de-rosa.

Fecho os olhos um instante antes de a sua boca roçar a minha. Minha cabeça se esvazia, meu coração para, e minha respiração falha quando a beijo de volta. Seus lábios são ainda mais sedosos do que eu imaginava, macios e carnudos sobre minha boca, meu rosto, meu pescoço, e de volta à boca.

É um beijo que faz o resto do mundo desaparecer. Meu universo se resume aos lábios dela sobre os meus.

Nós nos afastamos cedo demais, ela suspira e abre os olhos.

— Faz mais de um ano que eu quero isso.

— Sério?

Ela assente.

— Eu falei, faz muito tempo que acompanho seu vlog.

Isso me lembra do vídeo que ainda estamos gravando.

Olho para a câmera e sorrio acanhada.

— Vamos ter que editar a última parte.

Ela sorri.

— Com certeza.

CAPÍTULO 15

TAYLOR

RAINHADEFIRESTONE:

Tudo bem, eu sei que normalmente só posto coisa de fandom e tenho postado muito mais coisas pessoais aqui este fim de semana, mas estou aprendendo muito sobre mim aqui na SupaCon. Minha cabeça está cheia de coisas, e sinto que, se não deixar tudo isso sair, vou explodir.

Conheci alguém como eu. Outra Asperger.

Em uma conversa rápida, ela me fez ver que não tem nada errado comigo. Sou uma garota Asperger perfeitamente normal. Só me sinto destruída porque estou tentando me adaptar a um mundo não autista. Sou um prego quadrado tentando me espremer em um buraco redondo.

Até agora, fiz tudo que pude para ser normal e evitar sair da minha zona de conforto. Mas estou começando a perceber que, se você se cerca de pessoas de pensamento parecido, as pessoas te apoiam, e essa zona de conforto vai ficando cada vez maior.

E logo sua zona de conforto é do tamanho da SupaCon.

Pela primeira vez na vida, não me sinto como se tivesse que tentar me adaptar, porque estou rodeada de pessoas que são tão apaixonadas e entusiasmadas quanto eu pelas mesmas coisas.

Pela primeira vez, não estou completamente sozinha na minha estranheza.

Aqui meu esquisito é normal.

Meu esquisito é acolhido, aceito e esperado.

Pessoal, estou começando a amar minha esquisitice.

P.S.: Todo mundo seguindo @josiedrawscoolstuff e comprando todas as suas coisas! Ela arrasa!

#GarotaAsperger #SupaConÉMinhaCasa #AmeSuaEsquisitice

Toco em PUBLICAR e olho para Jamie, que está sentado à mesa na minha frente, lendo o livro de Josie.

— É muito legal?

— O mais legal — ele responde. — Já consigo ver algumas semelhanças entre você e Valentina.

Enfio um anel de cebola na boca.

— Tipo o quê?

Ele pensa por um momento.

— Bem, como nessa cena. Valentina está desenhando, e está tão concentrada que a *abuela* tem que chamá-la três vezes antes de ser ouvida. — Ele olha para mim e sorri. — É como você quando está escrevendo. Parece que é sugada por um buraco.

Dou risada, e percebo que até rir é diferente agora. Mais leve. Mais fácil. Conhecer Josie mudou muita coisa para mim.

— Então — digo, batendo o pé no chão enquanto estou ali sentada. Respiro fundo. — Acho que vou entrar no Concurso SupaFan.

Ele levanta a cabeça com um movimento brusco.

— Hã?

— Quero entrar no concurso.

Ele endireita as costas.

— Quer?

— Quero.

Ele inclina a cabeça para um lado.

— O que te fez mudar de ideia?

Eu me mexo na cadeira meio incomodada, já me sentindo nervosa com a decisão.

— Conversar com Josie. — Sei que vou acabar chorando se me aprofundar nesse assunto com ele, então paro por aí.

Jamie sorri e tira o celular do bolso da calça para olhar as horas.

— É melhor comer depressa, então. Acho que as inscrições se encerram às três, e são quase duas e meia.

— Onde eu me inscrevo?

— Vou dar uma olhada — ele fala, e destrava a tela. — Salvei os detalhes no celular, caso mudasse de ideia. — A esperança me invade enquanto ele lê. Jamie passa a mão na cabeça e faz uma careta. — É do outro lado do prédio. Em uma das salas menores.

— Será que a gente consegue chegar lá?

Ele olha para o mapa na tela, os olhos meio fechados e a testa franzida enquanto tenta encontrar a rota mais rápida.

— Consegue.

Terminamos de comer rapidamente, pagamos e corremos pelo pavilhão.

— Vem comigo — Jamie diz quando entramos no prédio. Ele começa a atravessar a multidão, e eu o sigo de perto. É difícil segui-lo por causa de suas pernas compridas, então agarro sua camisa para não me perder. Ele sente, olha para trás e pisca para mim.

Dez minutos mais tarde, chegamos correndo ao hall de entrada, onde uma mulher espera com um iPad.

— Vieram se inscrever para o Concurso SupaFan Rainha Firestone? — ela pergunta com um sorriso alegre.

— Isso — respondo bufando, tentando recuperar o fôlego.

Ela pergunta meu nome e digita na tela.

— Muito bem, Taylor. Está inscrita! O concurso tem duas etapas. A primeira é chamada Rainha do Cos, e começa em uma hora, mais ou menos. É um campeonato de cosplay. Tem um figurino da Firestone? — Assinto. — Ótimo! A segunda etapa se chama Uma Rainha Verdadeira. É um jogo de perguntas baseadas nos livros e filmes. Essa etapa acontece amanhã às dez da manhã.

Engulo o nervosismo que borbulha dentro de mim.

Ela sorri de novo.

— Alguma pergunta?

Sim. Um milhão. Mas balanço a cabeça.

— Não, acho que não.

— Ótimo! Vejo você aqui em uma hora. — Ela começa a atender a próxima pessoa da fila de inscrição, e eu me viro para ir embora.

Jamie está sorrindo para mim.

— Animada?

— É um jeito de descrever — respondo. — Estou sujando a calça.

Ele ri.

— Vai dar tudo certo. Você sabe tudo sobre os livros, filmes e Skyler. É uma fangirl profissional.

Dou risada.

— É, eu sou.

— Muito bem. Vamos buscar seu figurino de Firestone no hotel. Você tem um campeonato de cosplay pra ganhar.

Uma hora mais tarde, estou nos bastidores. Meus dedos enrolam mechas de cabelo, torcem, puxam e alisam de novo e de novo. Fico de cabeça baixa, mas espio as outras concorrentes. A maioria usa o mesmo figurino que eu, o longo sobretudo preto, jeans rasgado, Doc Martens e regata preta. Mas poucos sobretudos têm a coroa prateada costurada nas costas, como o meu. Espero que isso me dê uma vantagem, mas não tenho ideia de como esse concurso funciona. Pensando que isso vai me ajudar a saber o que esperar quando subir no palco, espio pela quina da parede.

O lugar está cheio de gente.

As luzes são fortes.

O barulho é alto.

Dou um passo para trás. Espiar foi uma má ideia, definitivamente.

— Não vou conseguir — cochicho. Giro sobre os calcanhares e me preparo para sair dali, mas meu coração bate acelerado no peito.

— Taylor? — A voz que me chama é animada. Eu me viro e vejo Brianna andando em minha direção em seu figurino de Firestone. — Oi! Sou eu, Brianna!

— Oi — respondo, afastando a mão do cabelo para escondê-la no bolso.

— Está nervosa? Eu estou! — Ela junta as mãos sobre o coração e põe a língua para fora. — Acho que vou desmaiar de nervoso.

Forço uma risada simpática.

— É, eu também.

Ela espreme o rosto em um sorriso.

— Que bom saber que não sou só eu! — E engancha o braço no meu para me puxar para mais perto. — Vamos ficar perto uma da outra. Podemos ter um ataque nervoso juntas.

Bato de leve na mão dela e assinto.

— Combinado.

Não tenho coragem de contar para ela que vou desistir, por isso fico. E por mais bobo que pareça, ouvi-la dizer que podemos ficar juntas faz com que me sinta um pouco melhor. Três adolescentes com camisetas do staff da SupaCon distribuem cartões quadrados com números. O meu é quarenta e quatro, e são cinquenta cartões. Brianna pega o número quarenta e três. Seguro meu cartão contra o peito para controlar o tremor das mãos. A mulher com o iPad aparece de novo, dessa vez com um fone de ouvido, e pede para fazermos silêncio enquanto ela dá as instruções. Eu me imagino fugindo, virando-me e correndo o mais depressa possível até voltar ao quarto de hotel, onde deito na cama com Jamie para ver filmes. Uma voz na minha cabeça insiste em dizer que não vou conseguir, e se eu pudesse desistir sem passar vergonha, não pensaria duas vezes.

— Tudo bem — diz a mulher do fone de ouvido. — Vocês vão entrar no palco uma a uma. Dirijam-se à estrela dourada no centro do palco, parem, segurem o número na frente do corpo para os juízes poderem ver. Depois continuem andando para o outro lado do palco. Se quiserem posar, girar ou fazer alguma coisa para arrancar aplausos da plateia quando chegarem ao centro, fiquem à vontade. Desde que não seja nada obsceno ou ofensivo, é claro. — Ela faz contato visual com algumas pessoas do grupo. — Os juízes vão escolher quem vence com base no figurino, na performance e como a plateia reage, então, tratem de fazer com que eles se lembrem de vocês se quiserem ir para a segunda etapa. — Ela para e ouve alguma coisa pelo fone de ouvido. — Todas prontas? Muito bem.

Uma a uma, as concorrentes começam a andar pelo palco.

Brianna vai na minha frente, e eu a vejo caminhar confiante, tento absorver um pouco de sua coragem. Ela gira como uma bailarina ao chegar na estrela, segura o cartão com o número e termina com uma reverência. Sinto uma inveja instantânea de seu desempenho.

Chega a minha vez. Entro no piloto automático, e tudo que acontece a seguir é como uma experiência fora do corpo.

Entro no palco e tenho uma imediata e horrível consciência de como eu ando.

Tento balançar um pouco mais os quadris, mas paro por medo de parecer idiota.

Estou tão concentrada em tentar andar normalmente, que perco completamente a estrela.

Quando percebo, sufoco um gritinho, giro e volto alguns passos.

A plateia ri. Eu também, embora esteja morrendo por dentro.

Olho para baixo para verificar se meus pés estão exatamente em cima da estrela, e seguro meu cartão diante do corpo. Consigo até sorrir, um sorriso largo que mostra todos os dentes, como se estivesse em um concurso de beleza.

Depois saio do palco o mais depressa possível, sentindo que estou fazendo alguma coisa muito além da minha capacidade.

— Isso foi genial! — Brianna sussurra para mim. — Fingir que se esqueceu de parar na estrela. Foi muito fofo e desajeitado. A plateia adorou! Vão lembrar de você depois dessa, com certeza!

Dou risada.

— É. Mandei bem. — Percebo que deveria dizer algo de bom sobre sua passagem pelo palco e acrescento: — Vão lembrar de você também. A reverência foi um toque bem legal.

Ela ri.

— Obrigada! — E levanta as mãos com os dedos cruzados. — Vamos torcer pra nós duas passarmos!

Cruzo os dedos também quando as últimas concorrentes voltam aos bastidores, todas respirando aliviadas com o fim da apresentação. É reconfortante saber que não sou a única nervosa.

— E agora — Brianna diz quando a última concorrente sai do palco — vem a espera.

Dez minutos mais tarde, depois de conversar animadamente com Brianna sobre nossa paixão compartilhada pela Rainha Firestone, o que me acalmou muito, a mulher animada do iPad avisa que só dez concorrentes vão passar para a próxima fase. Estou ansiosa para saber se sou uma delas. Somos chamadas ao palco e informadas que as escolhidas devem dar um passo à frente quando ouvirem seu número.

— As concorrentes que seguem para a segunda etapa são... número sete.

Uma garota com a armadura da Rainha Firestone dá um pulo para a frente, rindo incontrolavelmente enquanto a plateia aplaude.

— Por favor, permaneçam em silêncio até todos os números terem sido chamados — a apresentadora pede. — Onze. Dezoito. Vinte e dois. Vinte e oito. Trinta e um. Trinta e seis. Quarenta e três. — Brianna dá um gritinho e um passo à frente, cheia de orgulho. — Quarenta e quatro. E quarenta e nove.

Um entusiasmo elétrico me invade. Olho para Brianna, que está acenando e me chamando, e dou um passo para me colocar ao lado dela.

— Conseguimos! — ela cochicha agitada, levantando um polegar.

Fico ali sorrindo para a multidão, e vejo Jamie sentado na primeira fileira, rindo de orelha a orelha. Ele me vê sorrir e pisca. Assim que somos liberadas, desço correndo a escada do palco. A maior parte da plateia já foi embora, mas Jamie está me esperando encostado ao batente de uma porta.

— Ei, perdedor — falo quando me aproximo dele.

Jamie faz "tsc, tsc" e balança a cabeça.

— Ela ganha um campeonato de cosplay, e de repente todo mundo é "perdedor" — brinca.

— Não é todo mundo. É só você. — Sorrio debochada.

Ele revira os olhos e se afasta da parede.

— Sei que você me ama.

Meu coração dá um pulo estranho no peito antes de eu perceber que ele está brincando. Meu rosto não recebe a mensagem e fica vermelho e quente. Ele percebe, mas não comenta nem ri de mim, o que aprecio. Jamie desvia o olhar e sorri.

— Vem, vamos comemorar sua vitória no corredor de *Star Wars*. Tem uma sorveteria temática lá.

Quando andamos no meio de toda aquela gente, ainda consigo sentir meu estômago se contorcendo, resultado de ter estado diante de uma plateia enorme. Mas também sinto uma euforia estranha, uma mistura de adrenalina e felicidade. A sensação é esquisita, mas boa.

CAPÍTULO 16

CHARLIE

ESTOU SENTADA NO SOFÁ NO QUARTO DA ALYSSA, FINGINDO PRESTAR atenção à edição do vídeo.

Mas a verdade é que estou atenta a ela.

Alyssa está em pé ao lado da televisão, olhando o cardápio do serviço de quarto e cantando baixinho.

— E aí? Nachos? Salada? Club sandwich? Massa?

Meu estômago ronca.

— Nachos seriam ótimos agora.

Ela assente.

— Concordo.

Alyssa se vira, e olho rapidamente para a tela do laptop. Quando levanto a cabeça de novo, seu sorriso se alarga, e meu coração deixa de bater por uma fração de segundo. Ela pega o telefone e pede a comida enquanto vai mudando os canais de TV de um jeito distraído, parando em um episódio antigo de *Os Simpsons*.

— Legal — fala depois de desligar. — O almoço está a caminho. E o vídeo?

— Estou quase terminando de editar. Sempre demora uma eternidade pra subir, vou pedir pra minha empresária cuidar disso mais tarde.

Mantenho os olhos na tela enquanto Alyssa se aproxima e senta a meu lado, apoiando os pés sobre a mesinha de café. Ela parece muito relaxada, e estou uma pilha de nervos. Ninguém nunca me deixou tão nervosa antes. Olho para ela pelo canto do olho; vejo que está olhando para a televisão. Bart diz alguma coisa engraçada, e ela joga a cabeça para trás gargalhando. A risada inunda seus olhos e me faz rir também.

— Quem era? — pergunto, sem ter realmente a intenção de perguntar. Nós duas estamos surpresas.

Alyssa se encosta no sofá.

— Quem era quem?

Minha boca seca de repente, e eu pigarreio.

— A pessoa por quem se apaixonou. — A pergunta é tão invasiva, que tenho que recuar. — Desculpa, não precisa responder. Não é da minha conta.

Ela balança a cabeça.

— Não, tudo bem. Era uma garota que conheci na faculdade. Ficamos juntas por dois anos. Mas quando comecei a me envolver mais com os vídeos no YouTube e com a vida de atriz, eu me mudei para Los Angeles, e nós terminamos. — Tenho a sensação de que a história é muito maior que isso, mas não quero ser ainda mais invasiva. — E você? Foi o Reese?

Comprimo os lábios e confirmo balançando a cabeça.

— Foi. Infelizmente.

Ela sorri solidária.

— Não acabou bem, acabou?

Dou risada.

— Nem um pouco.

Ela abre a boca para dizer alguma coisa, mas volta a fechá-la. Inclino a cabeça para um lado.

— Que foi?

Ela hesita de novo, mas responde.

— Vou ser bem direta. O que viu nele? Nas poucas vezes que encontrei Reese, ele foi muito egocêntrico. E você é… *o oposto.*

Eu me encolho.

— Acho que não via isso. — A frase soa mais como uma pergunta. — Ou ele não me mostrou esse lado até eu já estar envolvida demais. Nós nos conhecemos gravando, éramos o casal da trama, acho que acabei misturando, me apaixonei pelo personagem que ele representava e pela ideia de estar com Reese Ryan. Por ser desejada por um cara que todo mundo quer. Patético, não é?

Ela franze a testa.

— Não, não é patético. Eu me identifico. Minha ex-namorada não era estrela do cinema, mas pra mim ela era… tudo. Todo mundo queria estar com ela também, mas eu fui a escolhida. Na época eu não gostava muito de mim, e o jeito como ela me olhava fazia parecer que eu valia alguma coisa.

— E quando terminaram?

Ela respira fundo.

— Não percebi quanto do meu valor pessoal estava ligado àquele relacionamento até terminarmos. A parte mais difícil foi seguir em frente sem ela. Era como deixar partes minhas pra trás. As únicas partes de que eu gostava.

Seguro a mão dela e chego mais perto.

— Como superou?

— Mergulhei no trabalho. Morar em Los Angeles foi uma nova chance pra mim. Prometi a mim mesma que não me envolveria com ninguém por um tempo, até sentir que podia me entregar à relação sem me perder nela.

Levo uma das mãos ao peito.

— Foi o que aconteceu comigo. Eu me perdi em Reese. Meu mundo passou a girar em torno de como ele se sentia, o que ele estava fazendo, em que estava pensando. Durante quase um ano, tudo que me importava era fazer tudo que eu pudesse pra ser quem ele queria. Por que fiz isso comigo?

É uma pergunta retórica, mas ela responde assim mesmo.

— O amor é intenso. Você derruba todas as suas paredes pra deixar alguém entrar. Mas se a pessoa não é boa pra você, pode te demolir de dentro pra fora. E você acha que o que tem com essa pessoa é amor, então permite que isso continue.

Trocamos um olhar demorado, e eu me sinto sortuda por poder olhar para ela desse jeito. Ver cada sombra de seus olhos castanhos e descobrir as pequeninas linhas de sorriso em torno de sua boca. Meus olhos descem até os ombros e para as tatuagens que cobrem os braços. Distraída, traço com o dedo o contorno de uma delas, um trabalho artístico particularmente interessante, uma mulher com sobrancelhas fortes e grandes flores no cabelo. Alyssa engole em seco ao sentir meu toque.

— Quem é? — pergunto, olhando para a tatuagem.

— Frida Kahlo. Minha artista favorita. Ela era incrível.

Movo o dedo lentamente até outro retrato pintado sobre sua pele macia. É uma mulher negra com um uniforme de astronauta da NASA.

— E esta?

— Dra. Mae Jemison, primeira mulher negra a viajar pro espaço. Ela também é dançarina e professora, tem nove doutorados, fala vários idiomas e atuou como convidada especial em *Jornada nas estrelas*. Sou capaz de falar sobre ela e Frida por horas, literalmente.

— Fala, então.

Ela inclina a cabeça e une as sobrancelhas numa reação desconfiada.

— Quer me ouvir falar sobre arte e ciência?

Apoio um cotovelo no encosto do sofá e me acomodo de um jeito mais confortável ao lado dela.

— Quero.

Vejo um brilho sonhador poderoso em seus olhos enquanto ela fala. Sua paixão é evidente e linda de ver, e não ouso interrompê-la. Ela me fala sobre as noites que passou na infância lendo livros sobre as estrelas e os planetas. Sobre como o pai comprava para ela uma nova caixa de pequeno cientista todo ano no seu aniversário e passava o dia inteiro com ela, fazendo as experiências. Sobre quando um garoto em seu clube de ciência disse para ela que mulheres não podiam ser astronautas. Ela voltou para casa, contou para a mãe, que era designer gráfica, e a mãe fez uma camiseta para ela com a frase GAROTAS PODEM FAZER QUALQUER COISA! estampada no peito. No dia seguinte, ela foi à escola com a camiseta, toda orgulhosa. Alyssa contou sobre uma vez que os pais dirigiram durante horas atravessando o país para apresentá-la a alguém que queriam que ela conhecesse.

— Quando entramos no laboratório — ela relata sorrindo —, havia uma mulher negra com um avental e luvas, trabalhando. Eu nunca havia conhecido uma cientista negra. Fiquei muito entusiasmada. Ela nos levou pra almoçar e respondeu a todas as minhas perguntas. Quando estávamos nos despedindo, ela me deu um avental de laboratório. Eu ainda o tenho.

— Por que desistiu da faculdade antes de se formar? — perguntei. — Parece tão apaixonada por tudo isso!

Ela me encara determinada.

— Eu vou voltar. Precisava sair de lá, me afastar daquele relacionamento. E minha carreira de atriz começou a decolar, o que me mantinha ocupada. Mas vou terminar a faculdade. Tenho pensado em dar um tempo e voltar pra me formar. Atuar e gravar o vlog é divertido, mas não é meu sonho.

Ela começa a me contar sobre os dias na faculdade, e eu a ouço e a observo. E então, de repente, ela está me beijando de novo. É diferente de antes. A hesitação e o nervosismo do primeiro beijo desapareceram, e agora ela não tem mais reservas. Nem eu. Ela enrosca as mãos no meu cabelo, e eu enlaço sua cintura, puxando-a para mais perto. Seus lábios são muito macios. Eu poderia beijá-la durante horas e ainda querer mais.

Alguém bate na porta, e ela geme:

— Desculpa. Já volto.

Eu a puxo de volta e limpo meu batom de sua boca, e ela sorri e corre para abrir a porta. Tento me recompor e ajeito o cabelo com as mãos. Alyssa abre a porta e um funcionário do hotel entra empurrando um carrinho.

— Ah! — ela lembra. — Nachos!

O rapaz deixa os pratos sobre a mesa de café, e ele e Alyssa voltam à porta.

— Parecem bons? — ela pergunta depois de fechar a porta.

Levanto o cloche e praticamente babo diante daquela visão.

— Ai, parecem *incríveis*.

Ela senta no tapete ao lado da mesa de café, e começamos a comer.

— E aí — Alyssa fala enquanto puxa um nacho da pilha de queijo derretido —, o que vai fazer hoje à noite?

Ponho a comida na boca, sinto o chip crocante, e limpo uma gota de molho que caiu em meu queixo.

— Não sei. E você?

Ela coça o braço numa reação nervosa.

— Quer jantar comigo, talvez?

Surpresa, engasgo com o nacho e cubro a boca para poder tossir.

Ela endireita as costas.

— Ai, meu Deus, tudo bem?

Tusso de novo e respondo que sim balançando a cabeça e mostrando o polegar.

— Sim — falo sufocada. Pigarreio e tento de novo. — Tudo bem.

— Tem certeza? Quer um pouco de água?

Balanço a cabeça.

— Não, obrigada. Foi só a surpresa.

Ela inclina a cabeça.

— Surpresa?

— Por ter me convidado pra sair. Não estava esperando.

— Ah. — Ela parece confusa.

Tenho a impressão de que me entendeu mal.

— Bem, eu estava *torcendo* pra você me convidar — confesso, e os ombros dela relaxam. — Só não estava esperando que acontecesse agora, quando eu estava com a boca cheia de guacamole.

Ela ri aliviada.

— Ah, ok. Entendi.

Ficamos em silêncio por alguns instantes, depois ela levanta um ombro e as sobrancelhas.

— E aí? Quer jantar comigo hoje?

Cubro os olhos com uma das mãos num gesto envergonhado.

— Ai, meu Deus. Sim. Desculpa. Sim, eu quero. Quero muito. — Espio por entre os dedos, e ela está rindo de mim. — Afe. Dá pra perceber que estou nervosa?

Ela dá de ombros como se não fosse importante.

— Um pouco. Mas é fofo.

Reviro os olhos para mim mesma. Meu estômago dá um pulinho quando penso que tenho um encontro com Alyssa Huntington, e então a ficha cai.

Um encontro.

Com uma das youtubers mais famosas do mundo. Uma atriz de cinema que tem quatro vezes mais fãs do que eu tenho. Ela não consegue andar pelo pavilhão da SupaCon sem ser cercada pelos fãs. Existem blogs dedicados à sua vida amorosa, que shippam Alyssa com qualquer garota com quem ela seja vista em público.

Não estou preparada para esse tipo de atenção novamente. Não depois de Chase. O risco de sofrer e ver meu sofrimento nas telas do mundo todo é muito alto. Não vou suportar tudo isso de novo.

Engulo em seco, nervosa.

— Ah, posso fazer um pedido?

— É claro.

— Será que a gente pode evitar os lugares públicos?

Vejo a mágoa em seus olhos.

— Por quê? Por que somos duas mulheres?

Balanço as mãos diante do rosto e sacudo a cabeça.

— Não! De jeito nenhum. Sou assumida e me orgulho disso. É que... — Suspiro. — Meu relacionamento com Reese foi tremendamente público desde o início. Nada era privado. Foi difícil. E tudo acabou explodindo na minha cara. Não consegui evitar. Gosto muito do que está acontecendo entre nós duas, e no momento queria que fosse uma coisa só nossa, afastada de todo o resto. Faz sentido?

Ela assente, mas parece hesitar.

— Faz sentido. — E vem sentar a meu lado no sofá. — Mas só porque ainda é tudo muito recente. Se isso progredir, não vou querer esconder. Combinado?

— Combinado.

Ela segura minha mão e acaricia a palma com o polegar.

— E também gosto muito do que está acontecendo.

Seu olhar permanece no meu, e sinto meu coração bater mais depressa. Uma mistura de emoções me invade como um furacão. Estou confusa, entusiasmada e apavorada, tudo ao mesmo tempo, e não quero que isso pare. Sou como uma enorme confusão de pensamentos e sentimentos contraditórios, todos se movendo tão depressa que não consigo apreender nada disso.

O que quer que esteja acontecendo entre mim e Alyssa, é maravilhoso, inesperado, e está acontecendo depressa demais, mas não o suficiente.

Meu celular vibra. É Mandy.

— Desculpa, só um segundo. — Levanto e vou atender perto da janela. — Oi, Mands.

— Charlie, pode encontrar a gente na frente da Con? A *Entertainment now* quer fazer uma matéria sobre você e Reese na nova experiência do *live-action* de *Rising*.

Olho para Alyssa.

Não quero ir embora. Mas tenho que ir trabalhar.

— É claro. Chego em dez minutos.

Quando desligo, Alyssa está séria.

— Precisa ir?

Faço um biquinho.

— Desculpa. Mais eventos com a imprensa.

— Tudo bem. Tenho que ler um roteiro novo, mesmo. — Ela levanta e segura minha mão. — Vejo você hoje à noite. Posso te pegar às oito?

— Perfeito!

Dou a ela o nome do hotel e o número do quarto, pego o laptop e o equipamento de filmagem e me preparo para ir embora.

— Vou ficar esperando pra te ver de novo. — Ela me beija, e agora não quero ir embora *mesmo*.

Alyssa me acompanha até a porta, abre e se apoia ao batente. Tenho que fazer um esforço para sair.

— Até mais tarde.

— Até. — Ela fica olhando enquanto me afasto. Sei porque olho para trás vezes demais para ainda parecer descolada. Entro no elevador e espero a porta fechar antes de quase desmaiar.

CAPÍTULO 17

TAYLOR

ESTOU COMPRANDO UM BONECO DA REY NO CORREDOR DE *STAR WARS* quando recebemos uma mensagem de Charlie.

Charlie: Oi! Vocês estão ocupados? O estúdio quer que Reese e eu façamos a experiência live-action de *The Rising*. Querem ir? Tem zumbis!

Eu respondo: Vai. Ser. INCRÍVEL! Onde? Quando?

Jamie e eu encontramos Charlie na entrada do labirinto. Ainda estou vibrando depois de ter passado para a próxima fase do Concurso SupaFan. Normalmente, correr em um labirinto com zumbis atrás de mim seria uma coisa para a qual eu diria não. Mas estou me sentindo como se tivesse tomado cinco Red Bulls, então penso, *por que não?*

— Ei! — Charlie se anima quando nos vê. — Como foi o dia?

— Entrei no Concurso SupaFan Rainha Firestone! — falo mais alto do que pretendia e dou risada.

Ela fica de queixo caído.

— E?

— Passei para a segunda etapa!

— Isso é demais, TayTay! — Charlie levanta a mão aberta para eu bater e passa um braço sobre meus ombros. Ela me olha de um jeito esquisito, como se quisesse me falar alguma coisa, mas depois olha rapidamente para Reese e desiste.

Cutuco a barriga dela.

— Qual é?

Ela segura minha mão e a de Jamie e nos puxa para perto da entrada do labirinto, longe de todo mundo.

Jamie está bem atrás de mim, com a mão apoiada na parede.

— Tem alguma notícia importante, não tem? — ele pergunta com um sorriso largo.

— A maior de todas! — Ela sufoca um gritinho. — Alyssa me beijou!

Jamie e eu não disfarçamos a surpresa. Seguro as mãos dela e comprimo os lábios para não gritar.

— Sério?

Charlie assente.

— E não é só isso. Ela me convidou pra sair. Vamos jantar juntas hoje.

Olho para Jamie. Seus olhos estão quase saltando das órbitas e a boca está aberta em um sorriso.

— Você vai jantar com Alyssa Huntington?

— Vou.

Queremos continuar conversando, mas Mandy nos chama.

Charlie aperta minha mão e a de Jamie.

— Não contem pra ninguém por enquanto. Nem pra Mandy. Não quero que isso caia na internet, não depois do circo em que tenho vivido desde que começou minha história com Reese. Eu gosto muito, *muito* mesmo da Alyssa, e não quero a mídia ou os fãs envolvidos nisso até me sentir preparada.

Concordamos balançando a cabeça.

— É claro — respondo, movendo o polegar e o indicador sobre os lábios como se fechasse um zíper.

Mandy se aproxima.

— Todo mundo pronto? O *Entertainment Now* chegou. Eles querem filmar você correndo pelo labirinto. Vai ser uma ótima publicidade para o filme.

— Vamos aparecer no *Entertainment Now*? — Jamie pergunta.

— Bem, talvez no fundo. As câmeras vão acompanhar Charlie e Reese.

Os ombros de Jamie caem com a decepção, e eu dou uma cotovelada leve em suas costelas.

— Ânimo! Você está para ser jogado em um apocalipse zumbi. É seu sonho!

Ele ri.

— Verdade.

Mandy puxa Charlie para uma entrevista rápida pré-labirinto com Reese e o repórter da *EN*.

Jamie bate com o sapato no meu e inclina a cabeça em direção à minha.

— Tem certeza de que quer fazer isso?

Apoio as mãos fechadas nos quadris e estufo o peito, imitando a pose da Mulher-Maravilha.

— Eu posso lidar com isso. Sou a SuperTay!

Ele comprime os lábios e infla um pouco as bochechas antes de dar uma gargalhada.

— Está mais pra SuperIdiota.

Eu o encaro, mantenho a pose e tento não rir.

— Eu sobreviveria lá dentro por mais tempo que você.

Ele levanta o queixo e uma sobrancelha.

— Quer apostar?

— Vamos nessa — respondo.

Um canto de sua boca se ergue num meio sorriso.

— Tudo bem. Vamos apostar uma corrida. Quem ganhar pode invadir o Twitter do perdedor e postar alguma coisa constrangedora.

Olho para ele desconfiada. Tenho muito mais seguidores que ele, e não sou exatamente rápida. Minha reputação no fandom pode estar em jogo. Mas adoraria acabar com a arrogância que vejo estampada em seu rosto, e no momento me sinto invencível.

— Fechado.

Cinco minutos mais tarde, Reese, Charlie, Jamie e eu estamos em uma sala escura com a equipe do *EN*, esperando a abertura da porta dupla para o labirinto. Ruídos sinistros de engolir e gorgolejar brotam dos alto-falantes no teto, e sombras se movem lentamente do outro lado das janelas fechadas com tábuas. Já estou com medo, mas estou decidida a sair do labirinto antes de Jamie.

— Prontos? — uma voz pergunta do outro lado da porta.

— Prontos! — Reese responde.

Arregaço as mangas do sobretudo e alterno o peso do corpo de um pé para o outro olhando para a porta. Jamie está a meu lado, olhando para mim de vez em quando com um sorriso cruel. Está tentando me desequilibrar. O barulho de metal raspando em metal me assusta, e as portas se abrem com um barulho alto de deslocamento de ar. A luz invade a sala, e Charlie é a primeira a correr para o labirinto. Reese vai atrás dela, com a repórter e os cinegrafistas correndo para acompanhá-los.

Jamie e eu também corremos, tentando empurrar um ao outro para fora do caminho e assumir a ponta. Estou tão concentrada no que ele está fazendo, que não vejo o zumbi esperando na lateral do corredor. Ele pula em cima de mim vindo da direita, e eu pulo em cima de Jamie gritando. Ele segura meus ombros e me afasta, me vira para se colocar entre mim e o zumbi, que está acorrentado a uma parede e fora de nosso alcance.

— Ei! — Jamie se abaixa um pouco para olhar nos meus olhos. — Tudo bem? Quer voltar?

Afasto as mãos dele de mim e levanto o queixo, finjo estar calma, apesar do coração disparado.

— Não, estou bem. — Sorrio para ele. — E vou te detonar.

Começo a correr, deixando-o para trás. Eu me viro para olhá-lo e o vejo parado no mesmo lugar com um sorriso bobo. Então ele começa a correr atrás de mim, e dou um gritinho que me surpreende. Não vejo Charlie e Reese, mas vejo um cinegrafista correndo desajeitado lá na frente e deduzo que está seguindo os dois.

Estamos em um beco, ou em um cenário que parece um beco, pelo menos. Tem paredes de tijolos falsos dos dois lados, caçambas e latas de lixo. Janelas quebradas e grafite me cercam. Continuo correndo, sei que os zumbis podem estar em qualquer lugar e que Jamie se aproxima. O beco se divide em dois, e paro para decidir que caminho seguir. São idênticos, como imagens refletidas por um espelho. Ouço Jamie chegando atrás de mim.

— Por que demorou tanto? — Eu me viro e vejo um rosto nojento e decomposto olhando para mim. Um dos zumbis. Embora eu saiba que é só um ator usando uma maquiagem incrivelmente impressionante, ainda grito. Meus pés começam a se mover, e escolho o caminho à esquerda.

É um beco sem saída. A parede do outro lado é uma imagem de outdoor da Ópera de Sydney, do tipo que devem usar nos filmes para parecer que estão em Sydney, não em um cenário de Hollywood. Uma lâmpada se acende em minha cabeça, e percebo que esta é uma cena exata de *The Rising*. Na cena, Ava, a personagem de Charlie, é encurralada por um bando e tem que se espremer por uma fresta entre os prédios para sair dali.

Um guincho ecoa atrás de mim, e eu giro. Cinco zumbis me cercam.

Corro para o fim do beco e procuro a brecha escondida, que encontro no canto. É escura, mas muito mais larga que a fenda no filme. Começo a correr por ela e descubro que é mais um túnel que qualquer outra coisa. Depois de fazer uma curva fechada, me encontro de repente em uma espécie de fábrica ou galpão. A única luminosidade é proveniente de lâmpadas fluorescentes que piscam instáveis no teto. Tem paredes de madeira dos dois lados, e juro que consigo ouvir uma respiração pesada vindo de algum lugar. Alguma coisa pinga na minha testa, e olho para cima e vejo um cadáver cenográfico pendurado em uma corrente presa a um cano.

— Eca! — resmungo, e limpo o sangue falso do rosto. Sigo em frente com os braços estendidos para me guiar. Ouço um grito agudo e o reconheço instantaneamente: é Reese. Rio baixinho e faço uma anotação mental para não me esquecer de assistir ao próximo episódio de *Entertainment Now* para ver a cara dele.

Uma mão segura meu ombro e me faz dar um pulo de dois metros de altura. Tento correr, mas ele agarrou meu braço. Ouço um gemido perto do meu ouvido e sinto o hálito quente no pescoço.

— Raar! — diz a voz. — Miolos!

Fecho os olhos com força e vários gritos agudos explodem de dentro de mim.

— Tay! — Jamie diz rindo. — Relaxa! Sou eu.

Viro para encará-lo e deixo escapar um longo suspiro.

— Você quase me matou de susto, seu babaca!

Ponho as mãos no peito e sinto meu coração disparado, depois dou um soco no braço dele.

Jamie morde o lábio inferior para segurar a risada.

— Desculpa.

Continuo andando, e ele me acompanha.

— Isto aqui não é maluco? Não quero ir embora nunca.

— Que bom — respondo. — Eu vou ganhar, então.

Um zumbi careca com um corte nojento na cabeça pula de trás de uma esquina, e Jamie e eu cambaleamos para trás gritando, agarrando um ao outro.

— Que porra — digo quando o zumbi desaparece.

— Ei — Jamie fala sem largar meu braço. — Sei que estamos apostando uma corrida, mas e se a gente decretar uma trégua? Só até sairmos deste trecho do labirinto. Não quero enfrentar isso sozinho.

Assinto várias vezes.

— Sim. Mil vezes sim.

Nós continuamos segurando um ao outro. Mesmo com a ameaça dos zumbis à nossa volta, tenho consciência de que Jamie e eu nunca passamos tanto tempo agarrados.

É claro, às vezes flertamos, ou tentamos flertar, mas geralmente evitamos contato físico. Quando seguimos abraçados pelas sombras, decido que vou curtir tudo isso. Mesmo que sejamos só dois amigos se amparando em um falso apocalipse.

Afinal, a SupaCon tem a ver com diversão.

CAPÍTULO 18

CHARLIE

— ACHO QUE VIRAMOS EM ALGUM LUGAR ERRADO — DIGO ENQUANTO Reese e eu tateamos pela escuridão. Há um minuto estávamos correndo por uma réplica de uma rua de Sydney, e agora não sei onde estamos. Mas está escuro. E perdemos a equipe do *Entertainment Now*. E sou obrigada a aturar o Reese.

De novo.

— É um labirinto — ele responde com voz neutra. — Todos os lugares são errados.

Reviro os olhos, mesmo que ele não possa ver.

— Tem pelo menos *um* caminho certo.

— Tanto faz.

Mordo a língua, resistindo ao impulso de perguntar qual é a dele. Espero que o mau humor extra seja resultado da ressaca, não do ressentimento por eu ter rejeitado sua proposta para reatarmos.

— Pensei sobre o que conversamos ontem — ele diz, e eu me preparo. — E decidi que não quero você de volta.

Reviro os olhos de novo, dessa vez com força suficiente para doer.

— Que bom pra você.

— É bom pra mim — ele concorda, e o tom é tão sarcástico que consigo senti-lo. — Você e eu, bem, foi divertido enquanto durou. Mas não foi suficiente.

Entendo o que ele quer dizer: *eu* não fui suficiente. Há pouco tempo, ouvir essas palavras teria me ferido fundo. Mas agora consigo enxergá-lo de verdade.

— Tem razão — falo. — Não foi suficiente.

O silêncio informa que ele não esperava por esse tipo de reação.

Reese tenta de novo.

— É. Mas você estava tão gostosa, que eu tive que tentar de novo.

Ele quer me ferir. Não vai conseguir. Eu sou inquebrável.

Giro no escuro e olho para onde imagino que esteja seu rosto.

— Cala a boca, Reese. Não fala comigo desse jeito. — Cerro os punhos. — Não sei por que faz essas merdas.

— Eu faço o quê? — A voz dele é tensa, defensiva.

— Agir como um macho babaca!

— Como é que é?

— Não escuta a cretinice em algumas coisas que fala? Esquece que eu te *conheço*? Que sei quem você é por trás de toda essa arrogância? — Cutuco seu peito. — Eu conheço você, Reese. Melhor que a maioria. Não precisa fazer esse jogo comigo.

— Não estou jogando. Não é machismo. Eu sou homem.

Deixo escapar um gemido frustrado.

— Você é irritante, isso sim.

Sua necessidade incessante de "agir como homem" era motivo de briga entre nós quando estávamos juntos. Ele era doce, sensível e carinhoso comigo quando estávamos sozinhos. Mas se havia mais gente, ele se transformava em um projetinho de machista babaca típico de um programa adolescente.

Não tem nada mais desanimador do que pensar que você conhece alguém num nível profundo, pessoal, e descobrir que ele é outra pessoa.

Comecei a questionar tudo. Eu não sabia se o Reese que eu conhecia era o de verdade, ou se o Reese que via nas festas e na imprensa era o verdadeiro. Para piorar as coisas, cada vez que eu tocava nesse assunto com ele, Reese dizia que era tudo coisa da minha cabeça. Ele me fez questionar minha sanidade mental. Mas quando descobri que ele havia me traído, eu soube que não era minha imaginação. Percebi que ele estava envolvido demais com o jogo de se adaptar à sociedade, e esse é um jogo que eu nunca quis fazer.

Ninguém ganha.

Ele sopra o ar lentamente.

— Olha só, tanto faz. Desculpa. Você sabe quanta pressão eu suporto. As pessoas me observam o tempo todo. Meus papéis são sempre de caras grandes, durões. Tenho que sustentar essa imagem.

— Reese, ser cruel com as pessoas não faz você ser mais homem. Só te faz ser cruel. — Um grunhido sinistro ecoa pelo prédio, e eu baixo a voz. — E você não é o único que sofre pressão. Isso não é desculpa para se comportar como se fosse melhor que todo mundo.

Ele solta o ar pelas narinas.

— Eu não faço isso.

— Faz. Quer saber? Você seria muito mais feliz se parasse de se preocupar com o que as pessoas pensam e fosse você mesmo.

A hipocrisia do que eu falo me atinge em cheio, e sinto um desconforto intenso no estômago.

Reese geme.

— O que acha de ficar longe da minha cabeça?

— Pode acreditar, queria ficar longe de você inteiro. E assim que a SupaCon acabar, isso vai ser possível.

— Que bom.

— Ótimo.

Uma luz branca incide diretamente sobre nós. Fecho os olhos e cubro o rosto com o braço.

— Aí estão vocês! — É Candice, a repórter do *Entertainment Now*, e seus dois cinegrafistas. — Perdemos vocês de vista!

Meus olhos se ajustam e vejo que estou a poucos centímetros de Reese, então recuo um passo.

Candice para a alguns passos de onde estamos e olha para nós desconfiada. Um sorriso satisfeito ilumina seu rosto.

— Pegamos vocês dois numa hora ruim?

— Não — respondemos juntos, obviamente irritados e sérios.

Ela fica meio sem jeito, mas se recupera depressa e sorri.

— Que pena. — E acena para nos chamar. — Vamos lá, o que estão esperando? Vamos achar a saída deste labirinto infestado de zumbis!

A tensão entre nós é grande, mas não deixamos o sentimento interferir em nosso trabalho. Reese e eu começamos a correr pelo labirinto. Um zumbi pula das sombras, e Reese grita tão alto que meus ouvidos doem. Ele ri e pega o celular para postar no Snapchat enquanto corremos.

— Isso traz de volta algumas lembranças felizes? — Candice pergunta.

Não consigo evitar uma expressão de desdém, e ela a interpreta como uma oportunidade de abordar nosso relacionamento outra vez.

— Ou algumas lembranças tristes, talvez, Charlie? É difícil estar de volta aqui com Reese depois de um rompimento tão público?

Mordo a língua, resistindo ao impulso de dar uma resposta sarcástica.

— Não, é legal. Nós nos divertimos muito filmando *The Rising*, e isso aqui é igualmente divertido. — Sorrio.

— E você, Reese?

Ele exibe aquele sorriso de pérolas.

— Charlie e eu vivemos bons momentos em cenários como este. Temos muitas lembranças boas. E apesar de não termos dado certo, sempre teremos essas lembranças.

Candice olha para ele como se olhasse para a pera mais doce da árvore, depois olha para mim como se eu tivesse muita sorte por estar com ele.

— Não queria que todos os ex fossem incríveis como ele?

Dessa vez consigo esconder o desdém, mas não o humor. Dou risada e balanço a cabeça.

— É. Ele é uma coisa.

Três zumbis nojentos aparecem depois de uma esquina, e me sinto grata por escapar dessa conversa.

CAPÍTULO 19
TAYLOR

— ENTÃO — JAMIE FALA, OLHANDO PARA MIM E PIGARREANDO. — ACHO que pensei no post perfeito para o seu Twitter.

— Ah, é?

— É. Vai ser: "Gary Busey é meu novo crush. Ele é muito mais gato que Jensen Ackles".

Fico chocada.

— Você não teria coragem!

Ele fecha um pouco os olhos e sorri.

— Ah, teria. — E se inclina para mais perto. — E vou fazer questão de incluir vários erros.

Meu queixo cai.

— Ah, você vai baixar o nível!

Um guincho agudo explode atrás de nós. Viramos a cabeça e vemos três zumbis vindo em nossa direção. Jamie começa a correr, segura minha mão e me puxa. Ele se vira, olha para mim, e ri enquanto corremos pelo caminho mal iluminado.

Chegamos a um cruzamento. Jamie olha para um lado e para o outro.

— Esquerda, direita ou em frente?

— Hum... — Um zumbi aparece da esquerda, e outro vem diretamente em nossa direção.

Olhamos um para o outro e decidimos ao mesmo tempo:

— Direita.

Passamos correndo por uma cerca de arame com mais uma dezena de zumbis atrás dela, todos tentando nos agarrar. Um segura meu sobretudo e me puxa, e eu grito, afastando a mão dele com um tapa. Jamie me envolve com um braço e se coloca entre mim e a cerca. Eu o observo pelo canto do olho enquanto atravessamos o corredor escuro. Ele me fita de lado e sorri quando me vê olhando para ele, e desvio o olhar rapidamente.

— Ei — ele diz.

Continuo olhando para baixo.

— Que é?

— Olha.

Ele aponta uma porta. Andamos até lá, e ele a empurra. A porta se abre para um cenário de rua tranquila. É noite, tem uma lâmpada acesa e três casas de cada lado da rua. Alguns zumbis retardatários vagam pela área.

— Vamos para o bairro, ou arriscamos o labirinto? — pergunto.

Ele olha para trás e arregala os olhos.

— Bairro.

Olho para trás e vejo um bando nos seguindo. Corremos para a rua, paramos e voltamos a correr tentando decidir para que lado ir.

— Eu me lembro disso — ele fala. — No filme, não é aqui que os pais do Reese moram?

— Sim. — Aponto a primeira casa à direita. — Acho que é ali. A mãe e o pai dele eram zumbis, lembra? Ele os viu pela janela.

— Isso. E fez aquela cara horrível de choro. Vamos ficar longe daquela casa.

Olho em volta.

— Como a gente vai sair daqui?

Ele continua olhando para a frente enquanto andamos, mas segura minha mão. Tento não ler muito no gesto, mas minha mente desobedece de imediato. Fico pensando se ele teve a intenção de segurar minha mão, ou mesmo se percebe o que está fazendo. O gesto pareceu deliberado, como se ele houvesse pensado antes. Ou eu estou vendo coisas onde não existem, talvez.

Sou boa nisso.

Ele olha para mim.

— Tudo bem? — E acena com a cabeça para nossas mãos entrelaçadas.

— Ah — falo, como se não tivesse notado. Dou de ombros. — Hum, sim. De boa.

Vejo alguma coisa se mexer na varanda da casa à minha esquerda e paro de andar.

— Que foi? — Jamie pergunta, e se aproxima mais de mim.

Aponto para o zumbi que fica em pé e começa a descer a escada. Mais zumbis saem das casas. Deve haver mais de cinquenta. Estavam nos esperando. Começo a rir de maneira histérica, porque não sei mais o que fazer.

— Vem — diz Jamie, e corremos pela rua em linha reta. O trailer está parado junto de uma parede do fundo do cenário, e sem outro lugar para onde ir, pulamos para dentro dele.

— Olha! — Aponto outra porta. Tem uma luz mais forte passando por baixo dela. — Acho que aquela é a saída. — Abro a porta e pulamos do trailer.

Jamie coça a cabeça.

— Onde estamos?

— No cenário da biblioteca — respondo, olhando para as fileiras de prateleiras de livros. "Velas", que funcionam a pilha, sobre prateleiras aleatórias são a única fonte de luminosidade na sala. — Qual corredor?

— Hum. — Ele analisa cada um com cuidado. — O da direita.

Jamie estende a mão para mim e sorri quando a pego. Definitivamente, foi um gesto intencional. Agora é impossível não ver muita coisa por trás disso. Começamos a andar pelo corredor do lado direito quando a porta se abre atrás de nós. Colo as costas na estante para me esconder, e Jamie faz a mesma coisa. Espio por cima do ombro e vejo Charlie, Reese e a equipe do *EN* entrando na sala. Estou quase saindo do esconderijo para anunciar que estamos ali, quando um estrondo faz as paredes tremerem.

Um depois do outro, os zumbis saem do trailer e vão entrando na biblioteca. Charlie grita, e eles começam a correr pelo corredor central. Apoio as mãos no peito de Jamie e o empurro até onde posso, até chegarmos a outro beco sem saída.

— Merda! — sussurro.

Um coro de grunhidos e passos passa por nós do outro lado das prateleiras, perseguindo os outros. Jamie e eu nos esprememos contra a parede, cobrindo a boca para sufocar o riso. Tenho um pavor irracional de ser encontrada. Quando o bando de zumbis passa por nós, percebo que Jamie está tão perto que quase posso sentir as batidas de seu coração. Um arrepio se espalha por meu corpo, e minha respiração fica mais rápida. Estou de costas para a parede, e ele olha para mim.

— Tudo bem? — Jamie pergunta. Sua voz é baixa, densa, com alguma coisa que não reconheço. Olho nos olhos dele, e um arrepio desce por minhas costas.

— Hum. Sim. — Minha voz é um sussurro trêmulo.

O perigo passou. Não precisamos mais nos esconder, especialmente com toda essa proximidade. Mesmo assim, nenhum dos dois se mexe.

Ele vê alguma coisa em minha testa e fica sério.

— Você está sangrando?

Jamie toca a região sobre minha sobrancelha direita com o polegar.

Meu coração bate algumas vezes antes de eu responder.

— É sangue falso.

Meus olhos ainda observam os dele.

Ele parece aliviado.

— Ah.

O polegar permanece em minha testa por um momento, depois ele o desliza por um lado do meu rosto, parando na bochecha.

Não sei o que pensar. Tenho quase certeza de que sei aonde isso vai nos levar, mas não ouso me mover, falar ou piscar por medo de estragar tudo. De ele parar de me tocar, de ficar tão perto de mim, de olhar para mim como se eu fosse a coisa mais incrível que já viu. Jamie afaga meu rosto com o polegar, e eu fecho os olhos instintivamente, saboreando a sensação.

Quando abro os olhos de novo, ele está olhando para minha boca. Vê que o estou observando e sorri, um meio sorriso doce. Depois se inclina e encosta os lábios nos meus. No começo fico tão paralisada que não reajo, mas em seguida meu cérebro percebe o que está acontecendo e correspondo. No momento em que o beijo de volta, isso desencadeia alguma coisa nele. Jamie apoia a mão na parede atrás de mim e toca a parte inferior das minhas costas com a outra, me puxando contra o corpo. Inspirada por sua paixão, passo os braços em torno de seu pescoço. Inclino a cabeça para trás, me levanto na ponta dos pés e o beijo com mais entusiasmo. Ele escorrega a outra mão pela parede e enlaça minha cintura, deslizando os dedos por minhas costas.

Todas as vezes que imaginei este momento se unem em um beijo espetacular.

Todos os anos que passei esperando por isso valeram a pena. Pensamentos sobre o que esse beijo vai significar para nós tentam interferir, mas eu os afasto. Pela primeira vez, não quero pensar em passado ou futuro. Só quero estar aqui, neste corredorzinho escuro atrás de uma fileira de livros cenográficos, beijando o garoto que sempre amei.

Quando paramos para respirar, o inevitável desconforto aparece.

Ele comprime os lábios num sorriso sexy e olha para mim com as pálpebras semicerradas.

— Ei.

— Ei — respondo em voz baixa. Coço a área atrás da orelha num gesto nervoso, depois começo a rir. — Isso é muito estranho.

O sorriso desaparece, e ele parece magoado.

— Ah — reajo, cobrindo a boca com as mãos. — Ahhh. Não. Não foi isso que eu quis dizer. É meio estranho, sim. Mas um estranho bom.

Ele levanta uma sobrancelha, e continuo vomitando palavras em cima dele.

— Quis dizer que é estranho que esteja acontecendo aqui, no meio de uma biblioteca falsa em um apocalipse zumbi de mentira. — Respiro fundo e tento me controlar. — Então, resumindo: o beijo é um estranho bom. Beijar *aqui* é só estranho.

O sorriso volta. Minha incapacidade de canalizar as palavras do cérebro à boca o diverte.

— A biblioteca pode ser falsa — Jamie fala. — E o apocalipse zumbi pode ser de mentira. Mas isso — ele toca meus lábios e me beija de novo —, isso é real.

Não queria, mas dou risada. Ele inclina a cabeça para trás, passa a mão no rosto e ri comigo.

— Eu sei, a fala foi péssima.

— Muito brega — confirmo.

Ele assente, e agora esconde todo o rosto com as mãos.

— Entrei em pânico. Não sabia o que dizer.

Comprimo os lábios com força, tentando engolir o riso.

— Ei, não estou julgando. Fui eu quem disse que isso era um estranho bom, lembra?

Ele deixa as mãos repousaram sobre meus quadris novamente e levanta uma sobrancelha.

— Acho que nunca vou esquecer. — E me beija mais uma vez. — E não vou esquecer isso também.

Mais uma risadinha minha, e ele inclina a cabeça para trás de novo.

— Droga! De novo? A culpa é sua, você faz isso comigo. Um beijo, e de repente acho que sou Ryan Gosling em *Diário de uma Paixão*.

— Ai, meu Deus. Odiei esse filme.

— Eu sei. — Jamie suspira.

Ele me encara, e dessa vez eu o beijo.

CAPÍTULO 20

CHARLIE

REESE ENCONTRA UMA PORTA DE SAÍDA DO LABIRINTO, E CANDICE CONtinua a entrevista enquanto andamos pela rua de um bairro cenográfico com casas e jardins.

— Então, Reese, tem alguma garota especial na sua vida agora?

— Não — ele responde sem rodeios.

— E você, Charlie? Algum garoto especial?

Faço uma careta.

— Não. Nenhum garoto especial.

Mas uma garota muito especial.

— Bem, tenho certeza de que os fãs de Chase vão gostar muito de saber que os dois estão solteiros, e juntos aqui, além disso!

— Não estamos juntos aqui — retruco. — Quero dizer, estamos aqui, mas não estamos juntos. — Minha risada é nervosa.

Um som gorgolejante brota à nossa esquerda. Salva pelo zumbi. Dezenas deles aparecem detrás das casas, e somos obrigados a correr pela rua e buscar abrigo em um trailer.

— Ei — Reese fala quando estamos lá dentro. — Aquilo é uma porta? — Ele a abre com um ombro e pulamos para fora.

— Ah, legal! — Reese exclama. — Cena da biblioteca!

— Uau! — exclamo quando entramos no cenário da biblioteca. — É quase uma réplica perfeita do cenário do filme.

Reese e eu andamos devagar, com Candice e os cinegrafistas bem atrás de nós. Penso na última vez que estivemos em um cenário como esse. Reese e eu brigávamos por alguma coisa boba, nem lembro o que era, mas sei que me magoava. Eu escutava comentários sobre ele e outras garotas, e em vez de abordar o assunto diretamente com ele, começava brigas idiotas por nada. Até aquela época, insegurança nunca tinha sido um grande problema para mim. Eu tinha meus momentos, é claro. Nunca me senti como se pertencesse a algum lugar, mas meus pais e irmãs me ensinaram a sentir orgulho de quem sou. Aprendi cedo que preferia ser diferente a ser parte de uma multidão sem graça.

Mas quando comecei a namorar Reese, algo mudou. Comecei a duvidar de mim. Pela primeira vez na vida, comecei a pensar se era boa o bastante. Os dias que passamos nesse cenário de biblioteca macabra foram aqueles em que as rachaduras começaram a aparecer.

Foi quando tudo começou a desmoronar.

Meu lábio inferior começa a tremer enquanto todas essas dolorosas emoções me invadem.

— Preciso sair daqui.

Um coro de gemidos explode, e viramos para ver o bando se aproximando. Corro com toda força que tenho, escolhendo o corredor central, sem esperar por Reese. Se as câmeras não estivessem me acompanhando, eu o trancaria ali e jogaria a chave fora. Fingir ser amiga dele para agradar o fandom e o estúdio era mais difícil do que eu esperava que fosse. Ele é só um lembrete vivo e sorridente de quanto me perdi enquanto estava com ele, e de quanto foi difícil me reencontrar depois que nos separamos.

Por isso preciso manter minha relação com Alyssa longe da mídia até estar preparada. Meu coração não suporta outro golpe como esse, especialmente um golpe tão público. Alcanço a porta e a empurro, e a temperatura sobe uns dez graus. Estamos em uma pequena sala de aula, da cena em que Reese e eu ficamos depois da aula. É uma das primeiras cenas do filme, mas uma das últimas que filmamos.

Fecho os olhos com força, desejando estar em qualquer lugar, menos aqui.

— O que é isso? O Fantasma da Mágoa Passada? — resmungo.

— O que disse, Charlie? — Candice pergunta, colocando o microfone na frente do meu rosto.

— Nada.

Reese aparece a meu lado.

— Eu me lembro desse dia.

Ele olha para mim, e consigo ver a culpa em seus olhos. Foi o dia em que vazou a primeira foto de Reese beijando outra garota. Eu vi a foto on-line, alguém mandou para mim naquela manhã pelo Twitter, e depois tive que passar o resto do dia filmando cenas de amor com ele. Se fosse agora, eu não teria feito as cenas. Mas naquele momento estava destruída. Não tive forças para dizer não. Não sei nem se sabia que *podia* dizer não, que não tinha que fazer nada que me causasse desconforto. Desde então tenho fugido daquele dia. Fugido de Chase.

E agora vou fugir de novo. Olho para a frente e me obrigo a andar, caminhar diretamente para a saída. Saio correndo, protegendo os olhos contra o sol forte que nos envolve.

Sou cercada pelo som de gritos e pessoas repetindo meu nome. Minha visão se adapta, e vejo que estamos novamente do lado de fora.

— Opa!

A notícia de que estávamos no labirinto de *The Rising* deve ter se espalhado. Centenas de pessoas esperam por nós espremidas atrás de uma barricada.

— Como eles ficaram sabendo que estávamos aqui?

Reese está do meu lado, com o peito inflado e as mãos nos quadris como o Super-Homem.

— Postei um Snap, lembra?

— Ah, é. — Sorrio para os rostos animados. — Eu vou pela esquerda, você vai pelo lado direito. Assim cobrimos um espaço maior.

E não preciso passar nem mais um segundo com você. Nós nos separamos. Começo a falar com o público, poso para fotos com as pessoas de quem mais gosto no mundo: os fãs.

— Meus fãs são tudo — falo ao posar para uma selfie em grupo.

Candice se aproxima correndo.

— Charlie, como é ouvir todas essas pessoas gritando seu nome?

Dou risada.

— É uma honra. Ainda estou me acostumando, mas está se tornando rapidamente uma das partes do trabalho de que mais gosto. Sinto como se todos fossem meus melhores amigos. Todos me conhecem bem do vlog, e vê-los aqui apoiando meu filme é incrível. Serei eternamente grata.

A multidão do lado de Reese começa a gritar, e vejo que ele tirou a camisa. Candice corre para lá tão depressa que quase posso ver a poeira girando em volta dela.

Dou risada e reviro os olhos.

— É a cara do Reese.

— Vocês reataram? — alguém pergunta atrás de mim.

Viro, continuo posando para fotos e balanço a cabeça.

— Não, somos amigos.

— Mas todo mundo está dizendo na internet que vocês voltaram. — O fã olha para Reese atrás de mim. — Vocês estão aqui juntos.

— Estamos aqui, mas não *juntos*.

Imagino que escrever "Chase morreu" na testa facilitaria muito minha vida.

Ele franze a testa, e eu o abraço.

— Tudo bem. Estou feliz. Reese e eu não damos certo juntos, de qualquer maneira.

— É claro que dão! — ele insiste, assentindo. — Vocês são os melhores juntos!

Sei que a intenção é boa, por isso sorrio. Outra fã se aproxima com um pau de selfie, e eu faço pose.

— Fico feliz por não estarem mais juntos — ela diz. Olho para a menina sem esconder a surpresa, e ela ri. — Não de um jeito maldoso. É que você não parecia feliz. Agora parece muito mais feliz nos vídeos.

As palavras me machucam, porque sei que são verdadeiras.

Balanço a cabeça concordando com ela.

— Obrigada. Eu estou.

CAPÍTULO 21

TAYLOR

QUANDO JAMIE E EU FINALMENTE ENCERRAMOS O BEIJO E SAÍMOS DO cenário, Charlie está esperando por nós. Tem gente por todos os lados.

— Ei! — Ela acena. — Estava pensando em mandar uma equipe de busca pra procurar vocês! Estavam perdidos?

Jamie olha para mim com os lábios comprimidos. No começo penso que ele está me dando a chance de contar para Charlie, tomar a atitude que vai nos tornar oficialmente um casal, mas em seguida penso que ele pode estar hesitando por não querer que Charlie saiba. Começo a surtar.

— Hum... não exatamente — respondo.

Minha mente superanalítica leva aproximadamente 3,1 segundos para pensar em mil maneiras pelas quais nosso beijo pode estragar tudo. E na primeira posição está a possibilidade muito real de eu não entrar na UCLA, ou em nenhuma faculdade, e Jamie e Charlie se mudarem para o outro lado do Oceano Pacífico sem mim e nunca mais voltarem. Logo atrás dela, em segundo lugar vem o risco de sofrer e me decepcionar de mil maneiras, e nesse caso eu perderia um dos meus melhores amigos.

Devo contar a Charlie? E se ele quiser guardar segredo? Para ele foi só um beijo? Há muitas razões para isso não durar. Ele sabe disso. Talvez tenha sido só um lapso temporário de julgamento? Um engano? Não sei o que estou fazendo. Como isso pode dar certo? Por que não pensei nas consequências antes de corresponder ao beijo? Isso pode acabar mal. Todos esses pensamentos e muitos outros explodem em minha cabeça como fogos de artifício, provocando um pânico que me congela.

Charlie olha desconfiada para mim e para Jamie.

— Perdi alguma coisa?

Eu me acovardo.

— Não. Somos lentos, só. Quer comer alguma coisa?

Olho para Jamie. Ele está sério, com a testa franzida, e sinto uma onda de náusea. Agora ele está bravo comigo? Não sei o que está acontecendo. Não devia ter deixado ele me beijar.

Charlie não está convencida, mas não insiste.

— É, estou com fome.

Começamos a andar em direção à lanchonete em que Jamie e eu estivemos ontem, e nenhum de nós diz nada. Todo mundo à nossa volta está rindo, conversando e aproveitando a energia vibrante da SupaCon, mas tudo que sinto é uma tensão desconfortável. Nos poucos minutos que levamos para andar até a lanchonete e encontrar uma mesa, fico enjoada de preocupação. De repente este parece ser o dia mais longo e exaustivo da minha vida.

No instante em que sentamos, o celular da Charlie vibra. Ela olha para a tela e suspira.

— É a Mandy. Já volto. — E se levanta para ir atender a ligação lá fora.

Jamie e eu ficamos sentados frente a frente e em silêncio. Deslizo as mãos pelas coxas e olho para elas. Quando finalmente levanto a cabeça, ele está olhando para mim com ar confuso, a testa ainda franzida.

Ele sorri, mas o sorriso não alcança seus olhos.

— Você não contou para a Charlie — diz.

Engulo a saliva.

— Não sabia se você queria que eu contasse.

Ele levanta as sobrancelhas.

— Por que eu não ia querer?

Olho novamente para minhas mãos, que agora estão começando a suar.

— Por muitos motivos. Somos melhores amigos, para começar.

Ele se inclina para a frente sobre a mesa e abre as mãos na minha frente.

— E daí?

Dou de ombros.

— Bem, por que contar para Charlie uma coisa que talvez nem devesse ter acontecido?

Ele recua no assento com uma expressão magoada.

— Acha que não devia ter acontecido?

— Você acha que devia?

— Eu perguntei primeiro — ele retruca, depois suspira. — Sim. Acho que devia ter acontecido. Não teria te beijado, se não quisesse.

As lágrimas se aproximam, mas eu as empurro de volta.

— Mas você não tem medo?

— Do quê?

— Do futuro? Do que pode acontecer? De todas as possibilidades de isso dar errado?

Ele morde a parte interna da boca e pensa.

— Acho que sim. Na verdade, não pensei tão lá na frente. Mas tenho mais medo de nunca saber como teria sido incrível... ficar com você.

Ai, Deus. Entendi tudo errado. Apoio os cotovelos na mesa e a cabeça nas mãos.

— Que foi? — ele pergunta, e estende a mão para tocar meu braço.

Suspiro.

— Tudo está mudando. Isto — aponto para mim e para ele — era meu porto seguro. Nossa amizade é uma das poucas partes da minha vida que é confortável, fácil e livre. E agora isso também mudou. De agora em diante tudo vai ser incerto, novo e, sei lá, mudado

Ele olha para mim com ar preocupado.

— Mas é uma mudança boa, não é?

Penso por um instante.

— Sempre achei que seria. Mas faz menos de uma hora que a gente se beijou, e já estraguei tudo.

— Ei — ele retruca sério. — Você não estragou nada.

Um grupo de garotos entra na lanchonete fazendo barulho, conversando alto e rindo. Eles se espremem na mesa bem atrás de mim, e me encolho sob a presença barulhenta. Apoio as mãos na mesa e olho para Jamie, tentando organizar as ideias.

Ele olha com desaprovação na direção dos garotos atrás de mim.

— Quer trocar de mesa?

Balanço a cabeça. Não quero trocar de mesa. Quero ir para casa.

— Isso tudo é demais para mim — falo, bem na hora em que um dos garotos fala alguma coisa engraçada e o grupo todo explode em gargalhadas. Tenho a sensação de que um trem está vindo em minha direção, as luzes me ofuscando, o som me ensurdecendo. Não consigo pensar.

— O quê? Não estou ouvindo — diz Jamie.

— É demais! — grito. Levanto e saio da lanchonete bem na hora em que Charlie está entrando.

— Tay? — ela me chama quando passo. — Onde você vai?

— Hotel — respondo seca, e me arrependo imediatamente.

Ela vem atrás de mim.

— Está tudo bem?

— Está — falo, sentindo as lágrimas começarem a cair. — Fala para o Jamie que eu pedi desculpa.

Eu me afasto dela depressa, procurando nos bolsos o fone de ouvido enquanto vou andando em meio à multidão. Volto ao quarto de hotel e abro a porta com meu cartão. No momento em que estou segura e finalmente sozinha, deixo as lágrimas transbordarem. Tento não pensar, porque sei que quaisquer pensamentos serão cruéis e só me deixarão pior. Tiro o sobretudo e o jogo em cima da cama, depois tiro o resto do figurino. Pego minha mala e vou para o banheiro, tranco a porta e abro o chuveiro. Antes de entrar no banho, apago as luzes.

A escuridão me envolve e eu exalo, sentindo os ombros relaxarem instantaneamente. Entro no banho com cuidado, fecho a porta do boxe e sento embaixo da ducha, fechando os olhos e deixando a testa descansar na parede de ladrilhos. A água quente lava minhas lágrimas e minha tensão, e espero até poder respirar de novo.

Perco a noção do tempo, mas quando meu coração acalma e a mente clareia, desligo o chuveiro e me envolvo com a toalha. Pego da mala uma calça jeans limpa e uma camiseta preta com a inscrição PERSONAGEM FEMININA FORTE e me visto, o tempo todo pensando em como vou consertar a confusão que fiz.

Quando saio do banheiro, o sol está se pondo além da janela e Charlie está sentada na cama, assistindo ao *Entertainment Now*. Ela olha para mim com um sorriso inseguro.

— Oi.

— Oi.

Ela bate no espaço vazio ao lado dela na cama, e eu sento.

— Vão mostrar a gente correndo no labirinto.

Olho para a tela e vejo Charlie e Reese começarem a correr. Jamie e eu não aparecemos. Embora tenha acontecido há apenas duas horas, tudo era diferente. Mais simples.

Charlie tira o volume e vira para me encarar.

— Você está bem?

Continuo olhando para a televisão.

— Não precisa tirar o som. Isso é importante. A gente devia ver.

— Meus pais vão gravar. Além do mais, o YouTube existe. Não muda de assunto.

Olho para ela de lado.

— Estou bem.

Ela levanta uma sobrancelha.

— Aham. Mentira.

Olho em volta.

— Cadê o Jamie?

— Na convenção fazendo terapia de compras. Ele vai precisar de outra estante no quarto pra todos os quadrinhos da Marvel que está comprando agora. — Charlie força uma risadinha, depois fica séria. — Ele não quis vir. Acha que você está brava com ele.

Eu bufo.

— Por que estaria brava com ele?

— Ele acha que você se sentiu pressionada a beijá-lo. Que não queria aquele beijo. É verdade?

Arregalo os olhos e balanço a cabeça com vigor.

— Não! Não. Não me senti pressionada. Está brincando? Estou esperando esse beijo há quatro anos!

— Eu sei. Mas ele não sabe. E está se sentindo muito mal.

Escondo o rosto com as mãos e solto um gemido.

— Eu me sinto péssima. Pensei... fiquei confusa. Achei que ele tinha pensado que era só um beijo, depois lembrei que ele vai para a UCLA, e eu posso não entrar, e mesmo que entre, será que tenho coragem pra me mudar pra outro país? E ele já teve namoradas e outros lances, e eu não, nem sei o que estou fazendo. E para piorar, ele ficou bravo comigo porque não te contei sobre o beijo logo depois de a gente ter se beijado. — Inspiro por entre os dentes.

Charlie massageia minhas costas.

— Ele não está bravo com você, Tay. Está apaixonado por você.

Levanto a cabeça com um movimento brusco e olho para ela.

— Ele disse isso?

Ela ri.

— Não precisa. Está na cara e faz tempo. Ele é maluco por você.

Sorrio como uma idiota. Depois franzo a testa como uma idiota ainda maior.

— Acha que eu estraguei tudo?

— O quê? Você e Jamie? De jeito nenhum. Vocês são praticamente um casal há anos, mas sem a parte divertida. — Ela pisca para mim, bate com o ombro no meu, e eu fico vermelha.

— É quê… — Mordo o lábio inferior. — Não sei se sou boa nisso.

Charlie sufoca uma risadinha.

— Em quê? Sexo?

Minha reação é de chocada.

— Quê? Não! Em ser namorada de alguém!

Ela ri.

— Ah. Como assim?

Massageio a nuca, tentando descobrir como explicar.

— Tipo, às vezes acho que não estou sendo uma garota do jeito certo. Tenho um *undercut* e uso roupas que compro na seção masculina, não uso maquiagem e não faço as unhas. Assisto a filmes de terror, jogo videogames, arroto e falo palavrões, e não falo sobre meus sentimentos ou essas bobagens. Sou como a Sandra Bullock em *Miss Simpatia*, só que antes da transformação.

— E daí? — Charlie dá de ombros. — Gracie Hart arrasa. Além do mais, não tem jeito certo de ser uma garota, Tay. Não precisa se enquadrar em como a sociedade diz que uma garota deve ser. As mulheres podem ser quem quiserem ser. Uma agente do FBI durona e sarcástica que resolve crimes, ou uma miss divertida e linda, ou as duas coisas ao mesmo tempo. — Ela me envolve com um braço e me puxa para perto. — Está feliz como é? Está confortável? Sente que essa é você mesma?

Um canto da minha boca se eleva em um meio sorriso.

— Sim, sim. E sim.

— Então, é isso que importa. O resto que se foda. — Ela pensa por um instante. — Está preocupada de verdade com a chance de não ser uma boa namorada?

Levanto as mãos.

— Sério, não tenho nem ideia do que estou fazendo.

— Notícia extraordinária! — Ela dá risada. — Jamie também não. Sei que ele já teve namoradas e lances antes, mas agora *são vocês*! É diferente e novo para os dois. Além do mais, uma das partes especiais de um novo relacionamento é ter que entender o outro. Mas vocês nunca vão conseguir entender nada se não *conversarem*.

Concordo balançando a cabeça.

— O que acha disso tudo? De nós dois, Jamie e eu?

Ela abaixa a cabeça e ri.

— Cara, vocês dois são meu OTP há, tipo, um ano.

Nesse momento a porta se abre e Jamie entra, embora um pouco hesitante.

Charlie acena para ele.

— Falando no geek...

— Desculpa. — Ele começa a revirar o conteúdo da mochila. — Só preciso do meu carregador de celular. Só um segundo... — Ele percebe que estive chorando, e é como se eu pudesse ver seu coração se partindo. — Isso é por minha causa?

Limpo as lágrimas.

— Não, é por minha causa. — Viro para o outro lado. — Não olha. Não quero que me veja nesse estado. — Odeio chorar na frente das pessoas.

Charlie me dá um lenço que tira de uma caixa em cima do criado-mudo.

— Estamos todos horríveis. Que tipo de amigos a gente seria, se exigisse que você mostrasse só sua beleza? Isso aqui não é o Instagram, é a vida real. E a vida real é feia.

— Tudo bem — Jamie diz. Viro quando ele pega o celular da mochila. — Já vou sair.

— Não! — Charlie e eu falamos ao mesmo tempo.

Charlie se levanta.

— Eu vou. — Ela olha para mim com ar sério. — Vocês precisam *conversar*.

Jamie olha para mim.

— Tem certeza?

— Jamie — respondo —, tudo bem. Fica. Senta.

Charlie sai, e Jamie senta a meu lado e começa a se desculpar.

Levanto a mão para pedir silêncio.

— Não se desculpe. Não me senti pressionada. — Olho para o chão e respiro fundo. — Beijei você porque *quis*. Só surtei porque interpretei mal algumas coisas e achei que isso podia não significar nada pra você, e isso me jogou em uma espiral de ansiedade e eu desabei. Ninguém tem culpa. Acontece de vez em quando. Os últimos dias foram muito importantes pra mim, é muita coisa pra processar. Mas estou bem.

Pelo canto do olho, percebo que ele está me observando.

— Então... não está brava comigo?

— Não.

— Também queria me beijar?

— Queria.

Os ombros dele caem com o alívio.

— Que bom. Você é difícil de entender, sabia?

Abaixo a cabeça e dou risada.

— Eu sou difícil de entender? O mundo inteiro é difícil de entender.

Ele ri.

— Fico feliz por você estar bem. E só pra constar... — Ele se inclina e encosta o ombro no meu. — Aquele beijo não foi nada pra mim. Foi tudo.

Cutuco ele de volta com o ombro.

— Pra mim também.

Ele abaixa a cabeça e olha nos meus olhos, levantando as sobrancelhas como se estivesse surpreso.

Dou risada.

— Bem, é isso.

Ele sorri e assente devagar.

— É isso.

CAPÍTULO 22

CHARLIE

SORRIO PARA MIM MESMA QUANDO DEIXO TAY E JAMIE NO QUARTO DO hotel. Estava esperando que eles ficassem juntos e percebessem que estão muito apaixonados um pelo outro. Não sei por quanto tempo mais eu poderia ter assistido ao enredo interminável tipo Ross-Rachel, vai, não vai, sem tomar uma atitude drástica. Viro a esquina para o corredor dos elevadores e quase bato de frente com Alyssa.

— Ah! Oi! O que está fazendo aqui?

Ela olha para o relógio de pulso.

— Ah... não vamos sair? É muito cedo?

Dou um tapa na testa.

— Merda! Desculpa. Esqueci.

Ela recua um pouco, e percebo que a magoei.

— Não, espera, não *esqueci*. Só perdi a noção do tempo. Tay, minha melhor amiga, teve um momento muito difícil hoje e precisou da minha ajuda.

Vestida com uma calça jeans skinny, cropped roxo e botas combinando, Alyssa parece ter saído de um cartaz de cinema.

— Você está linda — digo, e me sinto imediatamente constrangida por ter falado isso em voz alta.

Ela sorri.

— Obrigada. Você parece... distópica. — Seus olhos passeiam por minha camiseta e pelo jeans, salpicados de sangue falso do labirinto zumbi.

Olho para minha roupa e dou risada.

— Ah, fiz aquela experiência *live-action* do *The Rising*. Fiquei meio suja de sangue. — Tento limpar um pouco meu braço, mas a substância está grudada em minha pele e nas roupas como cola. — Não posso voltar ao quarto pra trocar de roupa. Tay e Jamie estão resolvendo algumas coisas lá dentro.

Ela faz um gesto como se não fosse importante.

— Tudo bem, você está ótima.

Seu sorriso é insinuante, e tento não suspirar na frente dela.

— Tem certeza? Você está... linda, e eu estou toda desarrumada.

Ela estende a mão para mim.

— Não ligo pra isso.

Seguro sua mão e andamos juntas para o elevador.

— Aonde vamos?

— Você vai ver.

Vamos a pé até a SupaCon, e ela me leva até a parte de trás do prédio principal.

— O pavilhão já fechou por hoje, não? — pergunto.

Ela pisca e afaga minha mão.

— Não pra nós.

Entro com ela e a sigo pelo labirinto de corredores, até chegarmos a uma área ampla montada para parecer um espaço de jogos eletrônicos. Uma placa sobre a entrada anuncia: ARCADIANA.

Alyssa vai para trás de um balcão, e um segundo depois os jogos ganham vida. Luzes piscam e sons explodem das máquinas, me levando de volta à infância e aos fliperamas que frequentava com minhas irmãs. Tenho um ataque de riso e não consigo me controlar.

Olho para Alyssa, que está sorrindo orgulhosa.

— Meus vídeos favoritos do seu vlog são aqueles em que você avalia videogames. Sempre fica muito hiperativa quando joga, é muito fofo. — Ela olha em volta. — Daí mexi meus pauzinhos para a gente poder entrar aqui depois do horário de funcionamento. Tem todos os clássicos. — Ela olha para mim. — Fiz bem?

Sorrio para ela sem disfarçar o entusiasmo.

— Fez muito bem!

Seu sorriso fica mais largo, e ela puxa uma bolsa térmica de trás do balcão.

— Aqui tem uma coisa que preparei mais cedo. — Ela abre a bolsa e tira dela uma champanhe e duas taças. — Topa?

Franzo a testa.

— Eu não bebo. Além do mais, aqui sou menor de idade pra isso. Dezoito, lembra?

— Ah, é. — Ela guarda a champanhe na bolsa e pega duas garrafas de vidro de refrigerante. — Coca?

— Com certeza. — Rio. — Você veio preparada. — Dou uma olhada no espaço de jogos, e vou ficando mais eufórica a cada jogo antigo que vejo. Estou no paraíso. — Olha só aquilo! Pac-Man. Donkey Kong. Tartarugas ninja. Tekken. Mario Kart!

— Eu sei. Acho que estou babando.

— Por onde a gente começa?

Ela sorri.

— Acho que eu sei.

Sigo a direção de seu olhar até um jogo na fileira central.

A surpresa é inevitável.

— Aquilo é um jogo de *The Rising*?

— É.

Alyssa sai de trás do balcão e eu a puxo pela mão, e corremos para lá.

Estou encantada.

— Não sabia que lançariam um jogo de arcade! Não sabia nem que o videogame já havia sido lançado! Olha! — Aponto para a tela. — Sou eu! Estou em um jogo!

Alyssa tira um pacote de moedas da bolsa.

— Vamos jogar. Tipo, agora. — Ela insere uma moeda, e a música começa a tocar.

Puxo a pistola de plástico vermelho do suporte e me preparo. Surge uma seleção de avatares, e fico maluca quando vejo que sou um deles. Eu. A garota geek de um subúrbio de Melbourne. A filha caçula de imigrantes chineses. A única aluna declaradamente bissexual da escola. A doida por atuação que grava vídeos para um vlog em seu quarto.

Eu sou a heroína.

Finalmente, sinto que o resto do mundo está começando a me ver como eu sempre me vi.

— Ah, isso é legal! — diz Alyssa.

— Não é? — O jogo começa, e meu avatar está parado em uma rua deserta de Sydney.

Alyssa pula e aponta para o lado esquerdo da tela.

— Ali tem um zumbi!

Disparo e acerto a cabeça da criatura em decomposição. Minha personagem começa a andar com a arma pontada para a frente. Meu coração acelera, mas não é por causa dos zumbis escondidos em cada esquina.

É porque a mão de Alyssa está na parte inferior das minhas costas. Ela está tão perto que posso sentir seu hálito na nuca. Um zumbi explode de uma janela quebrada e pula em cima de mim. Estou tão distraída com Alyssa, que atiro na direção errada e erro, dando ao zumbi tempo suficiente para atacar.

— Eeeee morri.

— Ah, fala sério, Charlie! — Alyssa balança a cabeça contendo um sorriso. — Você consegue fazer melhor que isso.

— Ei! — Fecho a cara e olho para ela de um jeito debochado. — Está prejudicando minha concentração.

Ela levanta as mãos fingindo inocência e sorri para mim.

— Só estou aqui parada.

— Exatamente. E está me distraindo.

Ela olha para mim com fogo nos olhos, e faço o que quero fazer desde que a vi no corredor mais cedo.

Enlaço seu corpo com um braço, a puxo para mim e a beijo. Alyssa corresponde envolvendo minha cintura e me tirando do chão. Sua língua está na minha boca, e ela tem gosto de Coca e doce. Um zumbi grita no jogo, e nos assustamos. Olhamos para a tela bem na hora em que ele me rasga em pedaços.

Alyssa olha para mim de lado e faz uma careta.

— Ops. Acho que a culpa foi minha.

Levanto uma sobrancelha.

— Valeu a pena.

A terceira rodada começa, e eu me afasto de Alyssa e assumo a posição na frente da máquina, pronta para matar uns zumbis. Depois que nós duas chutamos umas bundas mortas-vivas, passamos para os clássicos. Ela acaba comigo no Donkey Kong e no Need for Speed, mas eu ganho no Mario Kart e Mortal Kombat. Depois andamos de mãos dadas até o balcão. Bebo minha Coca enquanto ela tira uma cesta de piquenique de trás do balcão e a coloca no chão no centro do espaço.

— O que é isso? — pergunto.

Ela sorri e pisca para mim.

— Jantar.

Alguém chama Alyssa pelo nome, e ela avisa que já volta. Quando volta, ela traz duas pizzas.

Jogo a cabeça para trás e dou risada.

— Vamos comer pizza?

Ela também ri.

— Parece surpresa.

— Não. Só não estava esperando tudo isso. Um fliperama inteiro só pra nós.

Ela abaixa uma sobrancelha.

— Mas você gostou, não gostou?

Assinto entusiasmada.

— Sim! É claro que sim. Ninguém nunca fez nada parecido por mim antes.

— Eu nunca fiz nada parecido por ninguém antes — ela conta, e parece um pouco surpresa.

Sentamos no cobertor que ela estendeu. Alyssa estende a mão, e eu a pego. Ela parece apreensiva, então sorrio para tranquilizá-la.

— Este é o encontro mais incrível da história do universo.

— Hum, parece bom — Alyssa comenta ao levantar a tampa da caixa de pizza. — Não sabia de qual você gosta, então pedi uma de queijo e uma de pepperoni.

— Adoro pepperoni.

Começamos a comer, e eu a observo enquanto mastigo. Não consigo acreditar que estou aqui, nesse encontro incrível com ela.

Alyssa percebe que estou olhando e limpa o canto da boca meio envergonhada.

— Estou suja de molho?

Sorrio.

— Não. Está tudo bem.

— Que foi?

Engulo e ponho a fatia de pizza de volta no prato.

— Só não consigo acreditar que estou aqui com você.

— Por que é tão difícil acreditar?

Penso por um instante.

— Você é muito… *legal*.

Ela ri como se eu tivesse falado alguma coisa hilária.

— Acredita em mim, não sou. Talvez os personagens tenham sido muito legais. Mas na vida real, sou só uma tremenda nerd.

Eu me inclino e cochicho:

— Ainda não te contaram? Agora é legal ser nerd.

Ela ri.

— Acho que não mandaram esse memorando para o meu colégio. Devia ter me visto. Não tinha amigos. Passava o tempo todo na biblioteca lendo quadrinhos, ou no laboratório de ciências conversando com os professores. Era tão tímida que mal conseguia falar com os outros alunos. Nunca me senti legal em toda minha vida, nem uma vez. Exceto agora, talvez.

— Ah, eu acho que frequentar bibliotecas e laboratórios de ciências é muito legal.

Tento imaginar essa mulher divertida, confiante e segura como uma adolescente tímida, insegura, e não consigo.

— Era realmente tímida demais pra conversar com as pessoas?

Ela assente.

— Terrivelmente tímida. Achava que as pessoas não iam gostar de mim, então me escondia sempre que era possível.

— Como chegou aqui? — Gesticulo mostrando onde estamos. — Você não parece tímida, insegura, nada disso.

Ela sorri, mas baixa os olhos.

— Ainda sou tímida. Só que agora me esforço mais pra superar. — Alyssa pigarreia e olha nos meus olhos. — Aprendi que posso manter a cabeça erguida e sentir orgulho de mim mesma. E não me importo mais com o que outras pessoas pensam. — Seus lábios se comprimem formando uma linha fina, e de repente ela parece muito distante. — Posso te contar uma coisa?

— O que quiser — respondo.

— Lembra aquela ex de quem eu falei? A da faculdade?

Balanço a cabeça para dizer que sim.

— Não conto isso pra ninguém, porque sempre me emociono, mas é o seguinte: Eu e ela, Julia... não esperava que ficasse sério. Morávamos no mesmo prédio no campus e começamos a ficar. Eu tinha saído do armário fazia algum tempo, mas ela ainda estava resolvendo algumas coisas, por isso preferia manter nosso relacionamento em segredo. Eu a amava e concordei. Só queria que ela ficasse feliz, e ela sempre dizia que logo estaria pronta pra assumir nossa relação. Mas depois de um ano e meio juntas, ela mal olhava pra mim em público, nem pensava em segurar minha mão. Aquilo bagunçou minha cabeça, aquele vai e vem que a gente vivia. Quando estávamos sozinhas, ela me adorava. Mas assim que a gente saía do meu quarto, tudo mudava.

Ela deixa a pizza no prato, e sentindo que a história chegava a um momento importante, fiz a mesma coisa.

— Então, um diretor de elenco que tinha visto meus vídeos me chamou pra participar da audição para um filme, e eu consegui o papel. Mas tinha que ir para Los Angeles filmar. Convidei Julia pra ir comigo. Ela disse não. Perguntei se ela me visitaria. Ela disse que não. Perguntei se podia voltar para visitá-la. Ela disse que não. Achava que as pessoas ficariam desconfiadas. Foi então que percebi que ela nunca ficaria confortável comigo. Na cabeça dela, estávamos fazendo alguma coisa errada. Júlia se importava mais com o que os outros pensavam do que comigo. E eu desisti.

Alyssa puxa os joelhos contra o peito e pigarreia.

— Há mais ou menos um ano, um amigo nosso morreu em um acidente de carro. Fui ao funeral, e Julia estava lá. Fazia muito tempo. Eu só queria conversar com ela, saber como estava. Mas quando me aproximei e disse oi, ela fingiu que nem me conhecia. Aquilo doeu. Então conheci a namorada dela. Uma garota muito diferente de mim. Fiquei ali sentada na igreja, olhando para a parte de trás da cabeça dela, tentando entender o que tinha nela que eu não tinha. Tentando inventar justificativas pra Julia, entender por que ela quis me esconder por tanto tempo, e agora era tão aberta com a nova namorada. Comecei a me perguntar se não tinha sido só... *eu*. Entendi naquele momento que ninguém que conhece e ama a Julia jamais saberá que um dia ela me conheceu e me amou. Fui embora antes de a cerimônia acabar, entrei no carro e chorei até chegar em casa.

De algum jeito, Alyssa conta tudo isso e derruba só algumas lágrimas eventuais. Eu, por outro lado, estou péssima.

Ela limpa o rosto e sorri para mim com tristeza.

— Foi quando descobri que não quero chegar ao fim da minha vida e descobrir que passei ela inteira escondendo quem realmente sou. Todo aquele tempo que passei me castigando mentalmente e me escondendo poderia ter sido usado pra coisas que me fariam feliz, ou pra estar com pessoas que me amavam e não tinham medo disso. Agora, tento me concentrar nas coisas que eu amo em mim e na minha vida, e não trato nada como garantido. A vida é muito curta, sabe?

Pisco para controlar as lágrimas e assinto.

Ela pigarreia de novo.

— Ainda acha que sou legal?

Sorrio.

— A mais legal. — Dou uma olhada em volta. — Olha pra isso. No momento, estamos comendo pizza em um fliperama na SupaCon. Isso não é só legal. Isso é lendário. — Pego minha fatia de pizza e levo à boca. — Não quero que isso acabe nunca.

Quando levanto a cabeça com a boca cheia de pizza, ela está olhando para mim com um meio sorriso.

— Nem eu.

CAPÍTULO 23

TAYLOR

— QUE BOM QUE ESTÁ SE SENTINDO MELHOR — DIZ JAMIE.

Estou com a cabeça apoiada em seu peito, e ele afaga meu cabelo enquanto assistimos a uma reprise de *Supernatural*.

— Muito melhor — confirmo, e sufoco um bocejo. — Agora que o caos foi superado.

— Caos foi o que matou os dinossauros, querida — ele fala com sua imitação incrível de Christian Slater.

Sento e me apoio à cabeceira da cama.

— *Atração mortal*.

Olho para ele, depois para a televisão, e sorrio.

Ele senta a meu lado.

— Que foi?

— Nada. — Sorrio de novo.

Ele levanta uma sobrancelha.

— Está fantasiando com Destiel agora?

— Ei, não se meta com o Destiel. — Dou risada. — Então, eu estava pensando. Nunca consegui falar isso antes, mas agora que as coisas estão... mudando, posso falar que você é bem legal.

— Está zoando com a minha cara?

— Não! É sério. Você leu todos os livros Firestone quase tantas vezes quanto eu. Tem uma coleção épica de camisetas de *Star Wars*. Assiste a *Supernatural*. É um fotógrafo incrível. E um baita caçador de molho de tomate. E acabou de fazer uma referência a *Atração mortal*.

Ele ri.

— É. Se você curte essa coisa de superidiota viciado em cultura pop... — E aponta para si mesmo com os dois polegares enquanto sorri para mim. — Eu sou o cara.

Dou uma cotovelada de leve em suas costelas.

— Cala a boca! É sério.

Ele desliza os dedos por meu braço.

— Bem, obrigado. Também acho você bem legal. Leu os livros Firestone até mais vezes do que eu. Arrasa nos *Seis graus de separação* de Kevin Bacon. Assistiu comigo a todos os filmes de *Atividade Paranormal*, mesmo tendo pesadelos depois. E quando tento flertar com você, demora mais ou menos 1,2 segundo pra suas bochechas ficarem vermelhas.

Sinto o rosto esquentar, e ele ri.

— Viu? Só 1,2 segundo.

Envergonhada, mudo de assunto.

— Shh! Acho que o Dean vai fazer alguma coisa incrível.

— Dean sempre está se preparando pra fazer alguma coisa incrível.

— Exatamente.

Um sorriso se espalha por meu rosto, e me encosto nele para ver televisão. Jamie apoia o queixo no topo da minha cabeça, e eu durmo em seus braços me sentindo segura com ele, com a gente.

* * *

Na manhã seguinte, subo a escada para a parte de trás do palco, ajeitando o sobretudo meio constrangida. Paro para levantar um pouco o jeans e dar uma olhada no figurino. Enquanto verifico todos os detalhes, ouço vozes do outro lado do palco, em algum lugar nas sombras atrás da cortina.

— Aquela garota que se esqueceu de parar na estrela chegou — alguém cochicha. Deve pensar que não consigo ouvir daqui.

— Ah, é, fiquei com vergonha por ela — responde uma segunda voz.

Tiro o celular do bolso e finjo que não ouço.

— Ela não vai ganhar — cochicha a primeira voz. — Não é boa o bastante pra ser a rainha.

— Como assim? O sobretudo dela é demais!

— É, mas olha pra ela. Não é a Rainha Firestone. Ela é a Rainha *Firestonelada*.

Meu coração para. Fico imóvel como uma estátua.

A outra garota reage incomodada.

— Isso é maldade. Não acredito que disse isso.

Ouço passos e vejo a segunda menina se afastando, saindo das sombras. Quero muito me aproximar e ver a cara da primeira garota, dizer que ela é uma pessoa maldosa que precisa acordar. Mas não faço nada disso. Sei que nunca conseguiria dizer as palavras. Desço a escada correndo e entro no banheiro mais próximo. Trancada em um reservado, pego o fone de ouvido, abro o aplicativo do Tumblr e começo a digitar:

RAINHADEFIRESTONE:

Para a menina que me chamou de Rainha Firestonelada...

Você disse que não vou ganhar esse concurso porque não sou boa o bastante.

Sei que não seria capaz de dizer nada disso na sua cara. As palavras ficariam presas. Então, estou escrevendo aqui.

Talvez você ou alguém por aí veja este post e pense duas vezes antes de fazer um comentário aleatório sobre um corpo que pertence a outra pessoa.

Gorda. Roliça. Curvilínea. Pesada. Plus-size. Chame como quiser.

Essas palavras não têm que ser insultos.

Não estou ofendida por ter sido chamada de "gorda", embora você tenha falado como se isso fosse a pior coisa do mundo.

Não me importo com o que uma pessoa qualquer pensa sobre meu corpo.

Gosto do meu corpo.

Mas não é minha parte mais interessante.

Se você me julgar com base na minha forma, vai deixar de ver como sou incrível.

E eu sou incrível.

Adoro meu cosplay da Rainha Firestone.

Eu me sinto forte nele.

Eu me sinto poderosa.

Eu me sinto bonita.

Seu julgamento superficial e fútil não vai mudar nada disso.

Meu corpo é saudável.

Meu coração está batendo.

Meus pulmões são fortes.

E nesse momento meu sangue está fervendo.

Acho que não foi tanto o que você disse que me deixou furiosa; foi o fato de achar que podia fazer comentários sobre meu corpo.

Fico muito brava quando o mundo pensa que meu corpo é minha qualidade mais importante.

E que todo o resto em mim é secundário, ou medido em comparação à minha aparência como algum tipo de balança de valor.

Foda-se essa merda.

Para a garota que se escondeu nas sombras e tentou me diminuir falando do meu corpo, lamento que tenha pensado que esse era um bom uso para seu tempo e sua energia.

Espero que encontre a felicidade dentro de você mesma.

Você merece.

Todos nós merecemos.

E se encontrar essa felicidade, espero que ninguém tente tirá-la de você.

Ninguém merece isso.

Quero escrever mais, mas ouço uma pessoa entrando no banheiro. Fico sentada e quieta quando ela entra no reservado ao lado do meu e começa a chorar. Toco em PUBLICAR e fecho o aplicativo antes de abrir a porta. O choro se transforma em soluços sufocantes, rápidos. Ela está hiperventilando. Está em pânico. Hesito, fico parada perto da porta tentando decidir se devo dizer alguma coisa.

— Eu… — gaguejo. — Está… tudo bem?

— Taylor? — ela choraminga.

— Brianna?

Ouço um clique seguido de um rangido, e a porta é aberta. Brianna está lá dentro em seu figurino da Rainha Firestone, os olhos vermelhos e o rosto molhado de lágrimas. Ela sai do reservado com os braços abertos e me abraça, apoia a cabeça em meu ombro e chora, chora tanto que todo seu corpo treme. No começo fico surpresa por ela se sentir confortável o bastante para chorar abertamente em meus braços. Nós mal nos conhecemos.

Depois a abraço e pergunto:

— O que aconteceu?

Minha primeira hipótese é a menina maldosa nos bastidores, e espero que ela não tenha falado nada de cruel para Brianna.

— É isso! Não aconteceu nada. Só comecei a me sentir… muito… nervosa. E depois… não consegui respirar.

Assinto.

— Já teve um ataque de pânico antes?

— Nunca.

— Ok. Acho que pode ser isso.

Ela levanta a cabeça e os ombros, e seus olhos estão cheios de surpresa.

— O quê? Sério?

— Talvez.

Sua expressão muda de surpresa para horror, e ela volta a chorar.

— Ah, não!

Brianna apoia a cabeça em meu ombro novamente, e massageio suas costas como minha mãe sempre faz quando estou em pânico.

— Não é motivo pra se envergonhar — falo. — Já tive vários ataques de pânico. Vou te ajudar. — Por alguma razão, estou estranhamente calma. Estendo um braço e empurro a porta do reservado. — Senta.

Ela senta no vaso sanitário, e inspira ruidosamente e com dificuldade entre as lágrimas. Pego um pedaço de papel higiênico e dou para ela. Espero, sei que tudo que posso fazer é ficar ali com ela. Depois de alguns minutos, sua respiração começa a acalmar.

— Acho que não consigo subir naquele palco — ela murmura. — Não consigo. Vou desistir do concurso.

Abaixo na frente dela e a encaro.

— A decisão é sua. Mas não decida nada por enquanto. Nesse momento, o concurso não tem importância. Nem existe, está bem?

— Está bem.

Sorrio para ela.

— Quando começo a entrar em pânico, contar sempre me ajuda. Quer tentar?

Ela assente, e a franja cor de mel balança sobre seus olhos vermelhos, inchados.

— Tudo bem, se concentre na respiração. Tente não pensar, só se concentrar na respiração. Inspire profundamente pelo nariz, e eu vou contar.

Ela infla o peito, inspira o ar pelo nariz, e eu começo:

— Um... dois... três... quatro... cinco. E expire lentamente pela boca.

Ela faz como digo, e eu conto até cinco novamente. Repetimos o ciclo mais algumas vezes, até as lágrimas cessarem e a respiração se acalmar. Brianna desse jeito, tão vulnerável e frágil, é muito diferente da menina que conheci no dia anterior. Ontem Brianna ficou um pouco nervosa, mas estava confiante, animada, extrovertida. Caramba, ela *desfilou* pelo palco, girou e fez uma reverência. E agora está sentada em um vaso sanitário, tendo um ataque de pânico, chorando com alguém que praticamente não conhece. É difícil conciliar esses dois lados da mesma garota, e penso se minha ideia sobre como é parecer confiante sempre esteve errada. Ou não é a confiança que eu preciso repensar, mas as pessoas.

Talvez não seja só eu.

Talvez todo mundo viva no limite, como eu.

Talvez só saibam como disfarçar melhor, esconder não só dos outros, mas delas mesmas.

— Como se sente? — pergunto, pousando a mão em seu joelho.

Ela assente.

— Melhor. Um pouco cansada, mas melhor.

— Precisa de alguma coisa? Talvez um pouco de água?

— Não, acho que estou bem. — Ela respira fundo de novo. — Estou bem.

— Quer conversar sobre isso?

Ela morde a unha do dedo indicador e assente com insegurança.

— Eu só quero ganhar, sabe? Skyler é minha vida. Mas estou com muito medo de responder a essas perguntas... lá fora, na frente de toda aquela gente. — Ela estremece. — Quando era criança, eu gaguejava. Não muito, mas o suficiente para as outras crianças debocharem de mim. — Seus olhos parecem maiores, como se estivesse com medo. — Pensei que tinha superado. Achei que isso não me afetaria. — Lágrimas voltam a encher seus olhos. — Mas acho que me enganei.

Massageio o joelho dela. Quero confortá-la, dizer alguma coisa que faça a dor ir embora, mas não consigo pensar nas palavras certas. Penso se devo contar sobre todas as vezes em que fui vítima de bullying na escola. Talvez isso a ajude a se sentir menos sozinha. Ou talvez eu dê a impressão de estar querendo me tornar o centro da história.

Decido ficar quieta.

— Desculpa, despejei tudo em você — ela fala fungando.

Balanço a cabeça.

— Ei, tudo bem. Sei exatamente como está se sentindo agora. Também estou com muito medo de ir lá pra fora. Na verdade, ontem, quando você foi falar comigo nos bastidores, eu estava quase desistindo.

Ela franze a testa.

— Sério?

— Sério. Mas aí você disse que também estava nervosa, e que podíamos ficar nervosas juntas. Aquilo me ajudou muito, Brianna. Eu teria desistido e nunca saberia se podia enfrentar aquela situação.

Ela sorri.

— Que bom que ficou.

— É, também acho.

Brianna morde o lábio inferior, pensando em alguma coisa.

— Acho que estou pronta pra sair — ela diz com um sorriso nervoso.

Levanto e estendo a mão para ela.

— Você consegue, Brianna. E a gente pode surtar juntas, certo?

Ela ri.

— Você entendeu. — Seus braços me envolvem novamente, e eu a abraço com força. — Obrigada, Taylor. Você é minha heroína.

É bom ouvir isso. Acho que nunca fui a heroína de ninguém antes. Quando voltamos à sala do concurso, os assentos estão todos ocupados, e as concorrentes estão entrando no palco. Subimos a escada correndo e nos juntamos a elas quando as luzes se acendem.

Uma menina com cabelo preto e brilhante e camiseta da SupaCon se dirige à frente do palco com um microfone.

— Oi, todo mundo! Bem-vindos à segunda e última etapa do Concurso SupaFan Rainha Firestone!

A plateia enlouquece e aplaude, e vejo Jamie sentado na frente e no centro, torcendo por mim. Sorrio para ele e sinto meu coração bater tão depressa, que tenho medo de que ele salte do peito para cima do palco.

Olho para Brianna, e ela olha para mim sorrindo.

— Conseguimos — ela diz.

CAPÍTULO 24
CHARLIE

ACORDO COM ALYSSA ENROSCADA EM MIM, OS LÁBIOS ROÇANDO MInhas costas de leve enquanto o sol espia por entre as cortinas. Se houvesse uma palavra para descrever este momento, seria suavidade. Aninhadas embaixo do edredom macio e branco como marshmallow, dividindo o travesseiro que parece uma nuvem.

Sempre fui agitada. Desde criança, sempre odiei ficar parada, sentada, esperando. Tenho muita energia, estou em constante movimento, me movendo de um lugar para outro e perseguindo o próximo momento animado. Mas agora, pela primeira vez na vida, tudo que quero é ficar quieta. Queria que isso fosse um videogame que eu pudesse pausar e viver aqui para sempre.

Nunca pensei que isso aconteceria comigo, que eu encontraria em mim uma parte que anseia pela quietude, que aprecia a tranquilidade, que vive o agora sem pensar no que vem a seguir.

O que está acontecendo? Que magia é essa?

Viro para olhar para ela. Seus olhos estão fechados. Meu nariz quase toca o dela.

Fico deitada e imóvel, vendo Alyssa respirar como se esta fosse a coisa mais milagrosa que jamais vi.

Esta garota.

Esta garota que fala sobre arte, ciência e tecnologia como se fossem amantes.

Esta garota que é bondosa, confiante, inteligente e franca.

A noite passada.

A noite passada, que foi divertida, livre e cheia de expressão e êxtase. Eu me senti vulnerável, mas segura. Exposta, mas no controle.

Este momento.

Este momento, que é inteiramente nosso e de ninguém mais. Isto, bem aqui entre os lençóis macios, nossas pernas entrelaçadas, isso é sagrado.

Com a vida pública que temos, cheia de ilusões, drama e movimento, isto é privado, descomplicado e quieto.

Isto é real.

A alegria brota de algum lugar dentro de mim e se mostra como um sorriso tonto. Tudo que quero é pular na cama e rir e gritar e dançar, porque estou muito feliz. Mas não consigo deixar de olhar para ela, então fico ali deitada, sorrindo como uma idiota enquanto ela dorme. E logo meus olhos se fecham, e adormeço de novo a seu lado.

Algum tempo depois, acordo ao som de "Shake It Off", da Taylor Swift, sacudindo o quarto com sua canção fabulosa.

Alyssa se debruça para fora da cama e desliga a música, depois deita de novo com um gemido.

— Desculpa — diz bocejando. — É meu despertador.

— Gosta de Taylor Swift?

Ela levanta uma sobrancelha.

— Alguém não gosta?

— Não. Acho que não.

Ela se apoia sobre um cotovelo e olha para mim com um sorriso de lado.

— Bom dia.

Percebo que ela tem uma covinha linda em uma bochecha, e me levanto um pouco para beijá-la. Meus lábios se movem da face para a boca para um beijo suave. Essa palavra de novo: *suave*. Suave, doce e lindo. É o que isso é.

Caio sobre o travesseiro e estendo os braços acima da cabeça.

— Bom dia.

Ela se encolhe a meu lado, apoia a cabeça em meu seio. Seus olhos procuram os meus, olham para mim, castanhos salpicados de dourado.

— Quer tomar café na cama? Posso pedir serviço de quarto.

— Seria perfeito.

Ela pega o telefone sobre o criado-mudo e pede café, ovos Florentine e panquecas. Depois se deita de novo em meu peito e passa um braço sobre minha barriga.

Desenho corações em seu ombro com um dedo.

— O que vai fazer hoje à noite?

— After-party da SupaCon — ela responde. — Você também vai, não?

— Eu ia, mas não consegui convites para a Tay e o Jamie. Ainda não tenho influência suficiente para isso, pelo jeito. Não me sentiria bem indo sem eles, então, acho que vamos fazer uma festinha no quarto mesmo.

— Ah, muito legal da sua parte. — Ela levanta meu queixo e beija meu pescoço, provocando um arrepio que desce por minhas costas. — Tenho que ir à festa. Mas posso passar no seu quarto antes?

— É claro que sim. Quero que conheça meus melhores amigos.

— Legal. Acha que eles vão gostar de mim?

Dou risada.

— Eles já gostam de você. Na verdade, você é a segunda youtuber favorita da Tay, depois de mim, é claro.

Ela ri.

— O que vai fazer hoje?

— Tay foi para a final do Concurso SupaFan Rainha Firestone, acho que vou torcer por ela e assistir à vitória da minha amiga. E você?

— Tenho que atender a imprensa, basicamente. Mas queria poder ficar aqui o dia todo.

Concordo com um gemido.

— Eu também.

Na metade da manhã, consigo me arrastar para longe dela e voltar à convenção para ver a final do campeonato da Tay. Pego um dos bonés de beisebol da Alyssa emprestado e prendo o cabelo dentro dele, porque não quero ser reconhecida hoje.

Chego no auditório do campeonato e fico parada na porta, acompanhando tudo do fundo.

Meu celular vibra.

Alyssa: Já estou com saudade. bj

Sorrio sozinha e respondo: Saudade de você. Muita. bj.

Embora não tenha dormido muito na noite passada, me sinto cheia de energia.

Desperta.

Viva.

As concorrentes entram no palco, e vejo Tay seguindo cautelosa atrás do grupo. Sorrio para ela, mesmo sabendo que não pode me ver. Mordo o lábio inferior. Ela parece nervosa, o que não é surpresa, mas consigo ver a ansiedade como uma névoa em torno de todo o seu corpo, e isso me preocupa.

Atravesso a sala do auditório para chegar mais perto, torcendo para que me ver ali a ajude a alimentar sua confiança. Só consigo ir até a metade da sala. Mas estou perto o bastante para ver que suas bochechas, o pescoço e as orelhas estão cor-de-rosa. Os pés se movem sutilmente para a frente e para trás, os nós dos dedos de uma das mãos apertam a palma da outra, os olhos estão grudados no espaço diante dela, concentrados nele como se tentasse decifrá-lo.

— Você consegue, Tay — sussurro.

Uma garota alta de cabelo preto se coloca no meio do palco, segurando um microfone tão perto da boca que tenho certeza de que ele toca seus lábios.

— Oi, todo mundo! Bem-vindos à segunda e última etapa do Concurso SupaFan Rainha Firestone!

Ela balança as mãos para incentivar a plateia a torcer, e as pessoas aplaudem e gritam animadas.

— Parabéns, participantes, vocês chegaram à etapa final! A vencedora do Concurso SupaFan Rainha Firestone vai jantar com Skyler Atkins hoje à noite, depois será convidada a participar da superexclusiva after-party da SupaCon, e vai até assistir à estreia do próximo filme Firestone em Los Angeles! — A apresentadora começa a andar pelo palco falando com as participantes. — Vou dizer quais são as regras, ouçam com atenção. Cada uma de vocês vai receber uma pergunta aleatória baseada nos livros e filmes Firestone. Cada uma de vocês terá dez segundos pra dar a resposta. Se responderem errado, terão que deixar o palco imediatamente. A última pessoa no palco será a feliz vencedora e será coroada SupaFan Rainha Firestone!

Começo a procurar Jamie na plateia. Não o vejo, mas sei que ele está por ali em algum lugar. Ele não perderia esse momento de Tay por nada. A primeira pergunta é feita diretamente à primeira das dez concorrentes. Tay é a número cinco, e ela usa o tempo para respirar fundo algumas vezes.

Depois que o concurso começa, tudo acontece muito rapidamente. As participantes dois e três erram as respostas e são desclassificadas, deixam o palco aplaudidas pela plateia. Quando chega a vez de Tay, ela tem um sorriso largo estampado no rosto, embora os olhos estejam cheios de medo. Eu a vi sorrir assim antes, sempre que tínhamos que fazer uma apresentação ou participar de um debate na escola.

A apresentadora faz a pergunta.

— Em que ano foi publicado o primeiro livro Firestone?

— Em 2004.

A resposta de Tay é baixa, mas rápida, e quando a apresentadora diz que está correta, ela relaxa um pouco.

Antes de ser a vez dela de novo, mais duas concorrentes são desclassificadas. A garota ao lado de Taylor segura a mão dela, e eu a amo imediatamente. Deve ser Brianna, a menina sobre quem Tay me falou. Ela sorri para Tay enquanto a apresentadora faz a pergunta.

— Qual é o primeiro nome da Rainha Firestone?

Brianna dá um pulinho ao perceber que sabe a resposta.

— Agatha!

Tay aplaude a nova amiga, depois fica parada esperando sua pergunta.

— Em que capítulo do livro um Agatha Firestone descobre que é a verdadeira rainha?

— Capítulo dezoito.

— Correto.

Meu telefone toca. É a Mandy. Recuso a chamada e ponho o celular no silencioso.

As perguntas ficam cada vez mais difíceis, e eu fico mais nervosa a cada segundo, tanto que mal consigo respirar, mas Tay está arrasando. Por um momento breve, ela até faz pose de super-heroína depois de responder a uma pergunta corretamente. Logo restam apenas Taylor e Brianna no palco.

— É isso — diz a apresentadora. — Quem der a próxima resposta errada será desclassificada, e a participante que ficar será a vencedora. — Ela relembra a todos do grande prêmio, e torço para ela parar. Só vai deixar Tay mais nervosa. — É isso, garotas. Uma de vocês vai jantar com Skyler hoje à noite. Uma de vocês vai ter de deixar esse sonho. Quem será?

— Caramba — cochicho. — Quase não tem pressão.

O cara a meu lado ri do comentário sarcástico. Olho para ele e vejo um brilho de reconhecimento em seus olhos, por isso puxo o boné para esconder o rosto.

Estou tão compenetrada no drama que acontece no palco, que ignoro o celular vibrando no bolso. Mas na quinta chamada seguida, pego o aparelho.

Todas as chamadas perdidas são da Mandy, e tem uma mensagem de voz e três mensagens de texto exigindo que eu ligue de volta. Aconteceu alguma coisa muito séria. Vou para o fundo da sala para fazer a ligação.

— Oi, Mandy. O que houve?

— Sinto muito, Charlie.

Olho para Tay em cima do palco, ainda focada em ter certeza de que ela está bem.

— Sente por quê?

— Espera... ainda não sabe?

— Não sei o quê?

— Onde você está?

— No concurso da Tay? Por quê? O que aconteceu?

Mandy suspira do outro lado.

— Lembra quando entrou no labirinto zumbi. Antes de entrar? Quando me pediu para ir a seu quarto e subir o vídeo collab? Eu... acho que subi o vídeo errado.

Meu coração para por um segundo.

— Mandy, seja mais clara. Que vídeo você subiu?

Tem uma longa pausa antes de ela responder, e quando fala, é em voz baixa.

— Não assisti ao vídeo antes de subir. Carreguei o arquivo errado. Achei que estava editado e não sabia como terminava. Com o beijo. E subi o vídeo. Achei que era o certo, juro. Desculpa. No momento em que percebi, deletei. Mas era tarde demais. O Twitter está explodindo, os blogs já estão comentando... tem até um gif.

Meu coração bate mais depressa, mais alto, mais forte.

— Porra.

E eu queria privacidade. Começo a suar frio.

Foi exatamente assim que aconteceu antes, com Reese.

Tudo ia bem, depois vazaram fotos, e meu mundo virou de cabeça para baixo em um instante.

— Você está aí?

— Sim. — Minha voz falha.

— Estou na sala verde — diz Mandy. — Reese está aqui. Precisamos conversar.

Meu suspiro é frustrado.

— Tudo bem. Já vou. Preciso ficar aqui e apoiar a Tay antes.

Já estou irritada por antecipação com a mídia espalhando fofocas e os defensores de Chase atacando. Mas, principalmente, estou triste.

Estou triste porque sinto, em parte, que o que Alyssa e eu temos não é mais nosso. Odeio dizer isso, mas é como se tivesse sido poluído. Já sinto a pressão e as opiniões alheias contaminando tudo. Mas me livro desse sentimento, porque sei que meu foco agora tem que ser o apoio a Taylor.

CAPÍTULO 25

TAYLOR

— NO LIVRO TRÊS, QUE PRESENTE A IRMÃ DA RAINHA FIRESTONE DÁ A ela no aniversário de dezoito anos?

Sinto a apresentadora olhando para mim, esperando a resposta. Sinto a plateia olhando para mim. Olhos incontáveis cravados em mim, esperando, observando, julgando.

Continuo olhando para o chão e abro a boca, mas as palavras não saem. Estou queimando, tremendo, e não consigo respirar. *Eu sei a resposta.*

Não sei?

Sei. Devia saber. Sei tudo sobre Rainha Firestone.

Então por que não consigo responder?

Quanto tempo eu tenho? Sinto como se estivesse congelada ali há horas. *É óbvio que minhas mãos estão suando? Mais importante, é óbvio que não sei a resposta? As pessoas devem achar que sou uma idiota. Logo vão estar rindo de mim.*

Shh. Pare, Taylor. Só pense na resposta.

Qual era mesmo a pergunta? Merda. Posso pedir para repetirem?

— Sinto muito — diz a apresentadora. — Seu tempo acabou, o que significa que Brianna é a vencedora!

A plateia explode, e eu implodo.

Não.

Sou fã radical da Rainha Firestone. Não posso perder esse concurso.

Mas perdi. Perdi.

A voz da apresentadora penetra minha mente chocada.

— Parabéns, Brianna! Você é a maior fã da Rainha Firestone!

Aplaudo feliz por minha amiga, mas não consigo acreditar que perdi. Forço um sorriso e me aproximo para abraçar Brianna.

— Parabéns! — falo com toda confiança que tenho, depois saio do palco atordoada. Não sei se devo ficar ou sair, mas de repente me sinto sufocada pela multidão, pelo barulho, pelas luzes, por tudo.

Desço a escada e corro entre as pessoas, olhando para o chão e tentando respirar. Meu lábio inferior treme, e meus olhos estão cheios de lágrimas, o que me faz andar ainda mais depressa até sair do auditório. Saio correndo do pavilhão, corro pela rua, e só paro quando chego ao saguão do hotel. Alguém segura minha mão, viro e vejo Charlie, cuja expressão é preocupada.

— Tay. — Ela não diz nada. Não precisa. Abro os braços, ela me abraça e aperta com força. Fecho os olhos, tento bloquear o resto do mundo.

— Precisa de alguma coisa? — ela sussurra. — Água? Comida? Jamie?

Dou risada, mas é forçado.

— Só quero subir e deitar. Talvez ver um filme. Mas *não* um filme Firestone.

Ela me afasta e olha para mim com a testa franzida.

— Não deixe isso estragar a série Firestone, Tay. Ela é muito importante pra você. É parte de quem é. Pode não ter ganhado a competição, mas ainda é uma verdadeira fã da Firestone. Ninguém pode te dizer de quem ou do que você é fã. Esta é parte da beleza do fandom, não é?

Engulo o choro e balanço a cabeça numa resposta afirmativa. O telefone dela toca, e ela o tira do bolso e recusa a ligação. Um segundo depois, ele vibra anunciando uma mensagem de texto.

— Que foi? — pergunto ao ver a preocupação em seu rosto.

— Mandy — ela responde. De repente tenho a sensação de que alguma coisa está errada, de que Charlie está escondendo alguma coisa.

— Charlie, o que aconteceu?

Ela desvia o olhar e geme.

— Vazou.

Franzo a testa.

— O que vazou?

— Acidentalmente, Mandy subiu o vídeo sem edição que fiz com Alyssa. O vídeo em que a gente se beija. — Ela cobre os olhos com a mão. — Um vídeo em que eu fico com Alyssa viralizou. Mandy entrou em modo controle de danos. — Ela tira a mão do rosto e me vê boquiaberta.

— Puta merda — falo. — Isso é… sério. Você tem que ir.

Ela hesita, me observa com atenção.

— Não, isso pode esperar. Vamos subir.

Charlie dá um passo à frente, mas eu a seguro e balanço a cabeça.

— Não. Não pode mais se esconder disso. Você tem que ir. Vá falar com a Mandy, depois procure a Alyssa. — Uma expressão de sofrimento passa por seu rosto, e eu seguro suas mãos e sorrio. — Não precisa ser ruim, Charlie. Não precisa ser um dano a ser controlado. Isso pode ser bom. Agora já foi, pode parar de se preocupar com o que os outros querem que faça e se concentrar só no que *você* quer fazer.

Ela abre a boca para protestar, mas começo a recuar em direção ao elevador.

— Vai.

Charlie me encara.

— Amo você, Tay.

— Também te amo.

Entro no elevador com um grupo de adolescentes falando entusiasmadas sobre um painel que acabaram de ver. Viro e vejo Jamie correndo, passando direto por Charlie e vindo em minha direção, entrando no elevador quando as portas já estavam se fechando. No desespero de sair do auditório, esqueci que ele estava na plateia. Uma onda de culpa me inunda, se juntando à mistura galopante de ansiedade, humilhação e fracasso que tenta me derrubar. Jamie olha para mim. Evito encará-lo. Não suporto ver a preocupação em seus olhos. Estou desabando. Eu sinto.

Sempre começa pelo coração, uma rachadura que se espalha dentro de mim rapidamente, vai tomando tudo como uma trepadeira subindo por um tronco de árvore, até me rasgar completamente. É uma implosão, algo que ninguém à minha volta percebe.

Uma das garotas me vê.

— Ai, meu Deus! Este é o cosplay mais legal de todos!

Todas as amigas dela se viram para mim, admirando meu figurino.

Forço meu sorriso mais gentil.

— Obrigada.

Minha voz é sufocada, contida pelo nó na garganta. Ela abre a boca para falar mais alguma coisa, mas sou salva pela campainha do elevador anunciando que chegamos ao andar delas.

As meninas saem conversando e as portas se fecham, e agora Jamie e eu estamos sozinhos.

Jamie olha para mim.

— Você...

O elevador dá um tranco, e eu deixo escapar um gritinho.

A luz pisca por alguns segundos antes de se apagar completamente, e paramos com um solavanco entre o décimo e o décimo primeiro andar do hotel.

— Merda — diz Jamie.

Ele começa a apertar botões aleatórios, tentando colocar o elevador em movimento. A luz de emergência se acende, espalhando um brilho alaranjado ofensivo, mas ainda está tão escuro que mal consigo ver minhas mãos diante do rosto. Estou presa em uma caixa de metal pendurada por cabos de aço a quase onze andares de altura, mas ainda me sinto mais segura aqui do que há quinze minutos, quando estava em cima daquele palco. Solto o ar lentamente e escorrego para o chão, puxando as pernas contra o peito e apoiando a cabeça na parede.

Ouço um clique quando Jamie pega o interfone para emergências.

— Alô?... É, estamos presos aqui... Sim... Sim... Obrigado.

Ele recua um passo e dá uma risadinha.

— É um problema técnico. Ela disse que vamos sair em alguns minutos.

— Legal.

— Cadê você?

— Aqui embaixo.

— Você caiu?

— Não. Só não consigo mais ficar em pé.

Ele fica quieto por um momento. Vejo sua silhueta, as mãos alisando o cabelo.

— Está falando no sentido literal ou figurado?

Abro um sorriso cansado.

— Nos dois.

Ele senta a meu lado e estica as pernas compridas, apoiando uma sobre a outra.

— Não tem claustrofobia, tem?

Balanço a cabeça.

— Não. Você tem?

— Não tinha, até trinta segundos atrás.

— Vai ficar tudo bem. Tenho certeza de que Keanu Reeves e Jeff Daniels vão chegar a qualquer segundo para salvar a gente.

Ele ri, mas a risada é meio forçada, nervosa. Ficamos em silêncio por um minuto, e escuto o som da respiração dele. Isso me acalma. Fecho os olhos e continuo ouvindo como se fosse música.

— Você foi a vencedora — ele diz de repente.

— Não fui, não — respondo, lutando contra o nó na garganta. — Estraguei tudo. Não respondi à pergunta.

— Mas sabia a resposta. Só perdeu a voz. É compreensível.

Apoio o rosto nas mãos.

— Não fiquei sem voz. Eu esqueci a resposta. Perdi. E agora sei que nunca vou conhecer Skyler. E vou ter quê...

— O quê?

— Promete que não vai rir?

Ele cruza os dedos sobre o peito.

— Prometo.

Reviro os olhos para mim mesma pelo que estou prestes a dizer. Sei que não vai fazer nenhum sentido.

— Vou ter que ir para a universidade sem conhecê-la.

— Espera — ele reage confuso. — O que a universidade tem a ver com Skyler Atkins?

— Sei que parece idiota, mas pensei que se a conhecesse, se ela olhasse pra mim, se eu falasse com ela... isso me daria confiança pra ir à universidade no ano que vem. Sair de casa e mudar para Los Angeles.

Falar tudo isso em voz alta dói mais do que eu esperava, e não consigo mais segurar o choro.

— Tay, está chorando?

Minha respiração fica presa na garganta, respondendo à pergunta.

— Ah, Tay. — Ele tenta me abraçar, mas eu me esquivo.

— Por favor, não faz isso — murmuro. — Não quero contato físico agora.

— Merda, desculpa — ele responde, e se afasta. — Acho que entendo. Skyler é seu cogumelo, como em Super Mario. Conhecê-la alimenta seu poder, transforma você em Super Taylor. E aí você pode voar para Los Angeles, para a faculdade, e zerar tudo. É isso?

Dou risada em meio às lágrimas.

— Exatamente. É como se conhecer a Skyler fosse uma validação. Se eu tivesse coragem pra conhecer a pessoa que mais admiro no universo, também teria o que é necessário pra enfrentar o horror da universidade.

— Horror? A universidade vai ser demais!

Bufo.

— Pra você talvez, sr. Extrovertido. Pra mim vai ser difícil. É um novo conjunto de círculos sociais diários que vou ter que pular. Novos lugares, novas pessoas, novas regras. Só ir à aula todo dia é suficiente pra me fazer implodir emocionalmente. E Charlie vai estar filmando. Você vai ter suas aulas. Eu vou estar sozinha, em território desconhecido, sem mapa. — Engulo o choro de novo. — Você entende?

— Estou tentando.

Penso por um momento, tentando pensar em um jeito de explicar como estou me sentindo.

— Lembra a cena de *Indiana Jones e a última cruzada*, quando ele está resolvendo o enigma com as letras e toda pedra errada em que pisa se desmancha embaixo dele?

— É claro. É um clássico.

— É assim que me sinto. Como se o chão cedesse embaixo dos pés. *O. Tempo. Todo.* Nada é estável. Nunca. A qualquer minuto, o chão pode desabar e eu vou cair no abismo. E diferente de Indy, não sei qual é a resposta para o enigma. Nem sei qual é a pergunta.

— Caramba, Tay. Sempre se sentiu assim?

— Basicamente. Nos últimos tempos tem sido mais intenso, com os exames e a formatura, Los Angeles e a universidade chegando. Tudo está mudando. — Limpo mais lágrimas. — Jamie, estou com medo de verdade.

— Por que nunca me contou nada disso?

Dou de ombros.

— Não gosto de dar atenção a coisas que me deixam ansiosa. E não quero incomodar as pessoas com meus problemas. Especialmente quando, para a maioria delas, essas coisas nem são problemas. E… — Paro e esfrego os olhos fechados. — Não quero que pense mal de mim.

— Taylor — ele fala com um suspiro. — Pra começar, sou seu melhor amigo, mais que isso, agora. Estarei a seu lado se tiver problemas. É isso que fazem os amigos. Além disso, nada mudaria minha opinião sobre você.

Lágrimas desobedientes escorrem por meu rosto, e eu as enxugo, frustrada.

— Mas não pareço patética? Pensar que conhecer Skyler é a solução pra todos os meus problemas?

Mal consigo vê-lo balançando a cabeça na penumbra.

— Não. Não é nada patético. Os livros e filmes da Rainha Firestone te ajudaram a superar coisas. E diferente de tudo que estamos passando, Rainha Firestone nunca vai mudar.

— Exatamente. — Viro para ele na escuridão. — E é ainda mais que isso. Aqueles livros e filmes me ensinaram muito sobre mim. A Rainha Firestone enfrenta todos os seus piores medos e se transforma de menininha amedrontada em uma mulher poderosa que comanda seu reino. Isso me dá esperança de um dia também ser poderosa.

— Entendi.

Olho para ele.

— Mesmo?

— Sim. — Ele respira fundo e massageia a nuca com uma das mãos. — Nunca contei isso a ninguém, mas quando me mudei para Melbourne, eu odiei. Não conhecia ninguém. Em Seattle, eu era muito próximo da minha família. Meu *abuelo* morava a um quarteirão de casa, e eu ia lá todos os dias depois da escola. Todos os meus primos moravam perto de nós, assim como a maioria dos meus amigos. Quando fui pra Melbourne, éramos só eu e meus pais, e fiquei furioso com eles por terem me tirado de Seattle. Eu me sentia muito isolado, e ainda não tinha encontrado coragem pra fazer amigos. Então mergulhei nos filmes, quadrinhos e livros. Eles me ajudaram a enfrentar a mudança. E depois, quando vi você lendo os livros da Firestone na escola, reconheci a oportunidade pra falar com você.

Ouço um sorriso em sua voz, e isso me faz sorrir também. Seguro a mão dele e passo por cima da minha cabeça, apoiando seu braço em meu ombro e me aproximando dele.

Ele beija minha testa.

— Não tenho dúvida de que você vai arrasar na universidade. E vamos sacudir Los Angeles juntos.

— Mas vou ter que conhecer gente nova e fazer coisas que nunca fiz, sair da minha zona de conforto. — Eu me apoio nele, descanso a testa na curva de seu pescoço.

— Tay, você acabou de fazer tudo isso aqui na SupaCon. Conheceu gente nova? Sim. Fez coisas que nunca tinha feito? Sim. Saiu da zona de conforto? Sim. — Ele ri. — Agora há pouco estava em cima de um palco diante de centenas de pessoas. E olha, você está aqui, em pé. — Uma pausa. — Bem, sentada. Mas conseguiu. Tudo de que tem medo em relação à universidade já foi feito.

— Puta merda! Eu fiz tudo isso, não fiz?

Conheci gente nova e não morri. Subi em um palco e não saí correndo, embora tenha desejado muito, muito mesmo. Até passei vergonha, e todo mundo riu de mim, e o chão não se abriu em um buraco para me engolir inteira. Todas as coisas de que mais tenho medo aconteceram aqui na SupaCon, e estou bem.

Na verdade, estou ótima.

Se consigo fazer tudo isso, talvez a universidade também seja algo que possa fazer.

Chego mais perto dele e suspiro.

— Que bom que você mudou para Melbourne. Que bom que falou comigo naquele dia na escola.

— Eu também fico muito feliz por tudo isso. E por ter me falado essas coisas. Quero ser a pessoa com quem você se sente segura o bastante pra dividir os problemas.

— Você é.

— Mas lamento que não tenha vencido.

Dou um suspiro cansado.

— Eu também. Sei lá, me deu um branco. Acho que fiquei abalada por estar ali na frente de todo mundo. E me distraí. Uma garota maldosa falou de mim nos bastidores. Brianna teve um ataque de pânico, e eu a acalmei. Não tive tempo pra me preparar mentalmente pra subir no palco. Aquilo me desequilibrou completamente.

— Que garota maldosa? O que aconteceu? — A voz dele era séria, brava.

— Ouvi essa menina falando de mim. Ela me chamou de Rainha Firestonelada. Como se o tamanho do meu cosplay fosse mais importante que minha paixão pelo fandom. Aquilo me deixou furiosa. Não consegui pensar direito. — Sopro o ar num jato curto. — Não entendo. As pessoas não sabem que as coisas que elas falam afetam as pessoas? Nunca param e pensam: "Ah, se eu disser isso, como a pessoa vai se sentir?".

E começo a chorar de novo. Lágrimas de raiva que queimam como ácido.

Ele me puxa para mais perto.

— Não fique escutando o que dizem sobre você. Tem gente que tenta diminuir os outros pra se sentir superior. Sabe o que faço quando fico furioso com o mundo por ser cheio de babacas superficiais e insensíveis?

— O quê?

Ele engole em seco. Sinto o pomo de adão subir e descer.

— Penso em você.

Paro de chorar. Nem respiro.

— Hã?

— Eu penso em você — ele repete, dessa vez mais decidido. — Porque você é boa, engraçada, inteligente, linda, e é a pessoa mais incrível que já conheci. Se pode ter alguém como você no mundo, ele não pode ser um lugar tão ruim, afinal.

Meu coração fica tão grande que poderia conter todo o elevador.

Levanto a cabeça para poder sentir o hálito dele nos lábios. A respiração de Jamie falha, e sinto seu coração bater forte. Ele se inclina para mim. Está agindo com cautela, me dando tempo para recuar, se eu quiser. Mas não quero. Nem um pouquinho. Porque Jamie é meu melhor amigo, o que sempre parece saber o que estou pensando. O que me dá espaço quando é necessário, mas está sempre por perto quando preciso dele. É com ele que sento no escuro, pendurada a onze andares de altura dentro de uma caixa de metal, e ainda sinto como se não quisesse estar em nenhum outro lugar, com mais ninguém. É com ele que posso dividir meus problemas. É com ele que posso dividir minha esquisitice. Ele é o cara.

Ele cola os lábios aos meus, e eu correspondo, beijando-o suavemente. E depois com menos suavidade. Seus lábios são macios, e quando ele abre a boca, a minha o imita instintivamente. Sorrio, ele também sorri, mas interrompe o beijo.

— Sabe — Jamie diz hesitante —, se isso... você e eu... for demais pra você agora, podemos ir com calma. No seu ritmo. Não precisamos nos beijar nem ficar de mãos dadas, se não quiser.

Respondo beijando sua boca.

Ele interrompe de novo.

— Mas e o chão desabando e *Indiana Jones e a última cruzada*?

— Ah, se vir a SupaCon me ensinou alguma coisa foi que novas experiências são sempre assustadoras, mas nem sempre ruins. Talvez esta não seja a parte em que Indy pisa nas pedras que esfarelam. Talvez esta seja a parte em que ele acredita e encontra o Cálice Sagrado.

Mal posso ver seu rosto, mas sei que ele está sorrindo.

— Adoro quando você faz referência a filmes clássicos para explicar a vida.

Seus lábios tocam os meus, e a temperatura no elevador sobe uns dez graus. Um suspiro escapa da minha boca, e ele responde deixando o braço escorregar por minhas costas até envolver minha cintura. A outra mão desliza pelo meu cabelo, espalhando fagulhas por minhas costas. Uma onda de coragem me domina, e passo a língua na dele. Ele inspira e cola o peito ao meu, me puxando para tão perto que estou quase em cima dele. A posição é desconfortável, ele com as costas apoiadas na parede e nós dois nos contorcendo para ficar frente a frente, por isso decido me mexer e tentar ficar mais confortável.

Com os lábios colados aos dele, apoio as mãos em seus ombros e sento em seu colo.

O movimento o surpreende, e ele deixa escapar um gemido dentro da minha boca. As mãos tocam meus quadris, me puxando para mais perto. Minha coragem surpreende a nós dois. Todas as vezes em que pensei em ficar com Jamie, tive certeza de que seria cautelosa, como sou em todas as áreas da minha vida. Mas com ele não preciso evitar. Não duvido de mim.

Não há regras com Jamie, nem convenções sociais ou expectativas às quais corresponder. Só preciso ser quem eu já sou. Sou livre para ser tão cuidadosa ou atrevida quanto quiser.

E no momento, escolho o atrevimento.

Nosso beijo é muito quente e agora meu corpo todo está em chamas, e tenho certeza de que meus óculos devem estar embaçados. Alguma coisa pisca, e por um momento penso que estou vendo flashes, mas em seguida percebo que é a luz piscando, voltando com alguma instabilidade. Ficamos paralisados como animais diante dos faróis de um carro, as bocas se afastando, os olhos voltados para o teto.

— Sério? — Jamie grita para a lâmpada fluorescente. — Agora?

Mordo o lábio para segurar a risada. Esperamos um segundo, e o elevador volta a se mover. Levanto tão depressa que quase perco o equilíbrio. Jamie fica em pé, e estamos lado a lado quando a porta do elevador se abre. Quando nos recompomos, estamos novamente no térreo, onde o saguão continua movimentado e barulhento como antes.

Uma família de quatro pessoas entra no elevador, e Jamie e eu mantemos a calma, o tempo todo trocando olhares e sorrisos. A porta se fecha, e nós subimos. É como se o elevador nem tivesse ficado parado. De um jeito estranho, é como se o destino tivesse interferido, parado o tempo para me aproximar mais de Jamie e nos obrigar a ser mais abertos um com o outro. O elevador para com um sinal sonoro, e a porta se abre. A família sai, Jamie aperta o botão do nosso andar, e a porta se fecha.

Estamos sozinhos de novo.

Ele se aproxima de mim tão depressa que eu colo na parede, onde ele me beija.

Jamie afasta o rosto só o suficiente para eu poder vê-lo, e desliza o dorso de um dedo por meu rosto.

— Quer pedir serviço de quarto e ver filmes comigo hoje à noite? — ele pergunta com um sorriso meio inclinado.

Olho nos olhos dele.

— Porra, se quero.

CAPÍTULO 26

CHARLIE

QUANDO ENTRO NA SALA VERDE, TODOS OS OLHOS SE VOLTAM PARA mim. Um membro da equipe da SupaCon corre a meu encontro.

— Mandy me pediu pra te avisar que ela está ali. — E aponta para uma porta. Abro a porta e vejo Mandy ao lado da janela, falando baixo pelo telefone.

Reese está no sofá, olhando o celular.

— Deixei a Tay muito abalada pra vir pra cá, é bom que isso seja importante — rosno.

— Você está nos trending — ele comenta olhando pra mim. — Número um mundial.

Suspiro e caio em uma poltrona na frente dele.

— Incrível — digo, e minha voz fica até mais grossa com o sarcasmo. Olho para Mandy quando ela desliga o telefone.

— Era do estúdio?

Ela assente e prende de novo o coque que estava caindo.

— Era. Eles fizeram uma piada péssima sobre como teria sido uma grande tática de marketing se fossem você e Reese no vídeo, mas além disso, não disseram muita coisa. Pra eles, qualquer publicidade é boa, e isso está fazendo todo mundo falar sobre você e, por associação, sobre o filme. Mas eles querem saber por que não foram informados antes.

Cruzo os braços.

— Não tem nenhum "antes". Isso é novo. E não é da conta deles. — Apoio a cabeça no encosto da cadeira. — Por que me chamou? Não fiz nada errado.

Mandy se abaixa e me dá um abraço.

— Honestamente, Charlie. Se eu soubesse… eu sinto muito, muito mesmo.

Dou uns tapinhas nas costas dela.

— Tudo bem. Foi um acidente. Eu devia ter renomeado o vídeo editado ou salvado em uma pasta diferente. Pode acreditar, na próxima vez que ligar meu laptop, vou dar um fim naquela confusão de clipes e arquivos pra que nunca mais aconteça nada desse tipo. Não é culpa de ninguém. E nem é tão grave assim.

Reese bufa.

— Tem ideia de como isso me faz parecer para os fãs?

Olho para ele.

— De que jeito isso te afeta?

— Os fãs, Charlie — ele fala, e seu tom é tão condescendente, que quero dar um soco em seu queixo. — Eles amam Chase.

— Nem todos. E eu não amo.

Ele se inclina para a frente, apoia os braços nos joelhos.

— Não pode simplesmente jogar essa bomba em cima deles. Estão arrasados.

Sento com as costas eretas.

— Em primeiro lugar, *eu* não joguei nada neles. Se dependesse de mim, isso seria um assunto privado enquanto fosse possível. Mais que um dia, certamente. Em segundo lugar, o ship Chase subiu no telhado há mais de seis meses. Isso não é surpresa.

Mandy concorda balançando a cabeça.

— Tem razão, Charlie. Você está certa. Mas com todos os eventos de imprensa a que você e Reese compareceram juntos aqui, acho que alguns fios acabaram se cruzando. O fandom pirou especulando se vocês tinham voltado.

Deixo escapar um gemido.

— Não sei como. Já falei mil vezes que não estamos juntos.

Reese olha para mim com ar presunçoso.

— São as fotos e as entrevistas. Fomos vistos juntos. Isso é o suficiente pra Chase descer do telhado. Eles se encheram de esperança. E você acabou com tudo.

Contraio a mandíbula e o encaro.

— Aposto que isso sempre foi o que o estúdio queria. Somos só objetos cenográficos que eles posicionam na frente das câmeras pra vender ingressos. Nada disso teria acontecido se você tivesse ficado longe daqui, como devia ter feito.

Ele revira os olhos.

— Isso, eu sou o bandido aqui.

— Bem, não é o mocinho. Isso é certo.

— Gente — diz Mandy, sentada na cadeira a meu lado —, essa discussão não é necessária. Como você disse, isso nem é tão importante.

Olho para ela.

— Como o fandom reagiu?

— As pessoas estão um pouco divididas. Algumas estão animadas. Já estão shippando você e Alyssa. Outras estão…

— Arrasadas — Reese interrompe. — Furiosas. Traídas.

Reviro os olhos para ele. Conheço meus fãs. Noventa e nove por cento são maravilhosos, fantásticos. Mas o outro um por cento é capaz de dizer coisas maldosas. Eu me preocupo com os tweets mencionando Alyssa e com os comentários em seu canal do YouTube.

Mandy comprime os lábios e pousa a mão em meu ombro.

— Eles vão superar. E como eu disse, a maioria está animada. Já vi posts nas redes sociais que comprovam. Estão felizes por você e amam Alyssa.

Reese solta uma gargalhada arrogante.

— E o resto só quer acabar com ela.

Fecho os olhos e gemo.

— Que maravilha. Nada como um pouco de cyberbullying para começar nosso relacionamento.

— Charlie — diz Mandy —, você está dando muita importância para os aspectos negativos da história. — Ela olha para Reese com ar de censura. — E você não está ajudando. Está tudo bem.

Levanto as mãos num gesto irritado.

— O que está acontecendo, então? Por que estamos aqui falando sobre isso?

O celular de Mandy vibra, e ela recusa a chamada.

— Só queria garantir que estamos todos na mesma frequência. E ver se precisamos apagar algum incêndio. Quer dar uma declaração sobre seu novo romance?

Balanço a cabeça.

— Não. — Não falo que talvez não haja um romance depois de Alyssa ficar sabendo de tudo isso.

— Ei — Reese se manifesta. — Por que está tão ácida hoje?

Reviro os olhos de novo.

— Estou ácida porque gosto de verdade de Alyssa, e acho que ela não vai gostar de mim por muito mais tempo se for assediada por trolls só por *não* ser você.

— Se eu fosse ela — ele responde levantando uma sobrancelha —, ficaria mais furioso por você fazer tanta questão de esconder o relacionamento. Pra alguém que supostamente saiu do armário, você está se esforçando muito pra ficar dentro dele.

Eu levanto.

— Isso não tem nada a ver com armários e tem tudo a ver com como eu fiquei mal depois do que você fez. Queria manter o relacionamento em segredo porque minha vida amorosa não é propriedade pública.

— Agora é. — Ele dá aquele sorriso convencido, e percebo que não consigo ficar no mesmo ambiente que ele.

— Vou embora. Preciso encontrar Alyssa.

— Manda um oi pra ela — Reese fala com uma piscada maliciosa.

Olho para Mandy.

— Mandy, pode ligar para o estúdio e avisar que não vou mais comparecer a nenhum evento de divulgação com Reese Ryan? Nunca mais. E não vou aceitar não como resposta.

Ela sorri e assente, enquanto Reese fica olhando para mim como se perdesse a capacidade da fala.

Olho para ele.

— Acabamos por aqui.

Mandy levanta e me abraça.

— Não se preocupe. Está tudo bem. Estou feliz por você. Merece alguém legal como ela.

Pelo canto do olho, vejo o queixo de Reese cair.

— Obrigada. A gente se vê depois.

Saio e atravesso a sala verde, tomada pela sensação de que tem uma nuvem negra em cima da minha cabeça.

— Charlie! — Viro e vejo Mandy saindo da sala e correndo em minha direção. Ela tira um envelope da bolsa e me entrega. — Quase esqueci. Sei que isso não é compensação por ter postado seus amassos na internet, mas espero que seja um começo.

— Mandy, já falei…

— Abre.

Pego o envelope e olho o que tem dentro dele. São três credenciais VIP para a after-party da SupaCon. Levanto a cabeça chocada.

— Como conseguiu?

— Dei meu jeito. Agora você, Taylor e Jamie podem comemorar em grande estilo.

Eu a abraço.

— Muito obrigada, Mandy. Garanto que já esqueci tudo. Tudo bem, certo?

Ela assente, depois me empurra com cuidado.

— Vá procurar sua garota.

Guardo o envelope no bolso e saio dali. Pego o celular e rolo a tela por centenas de posts do Tumblr e do Twitter sobre mim. Alguns são cruéis e machucam. Alguém tem que inventar um aplicativo que abra um pop-up na tela antes de alguém postar um tweet maldoso e pergunte: "Tem certeza de que é isso que quer dizer? É maldoso". Mas enquanto isso não acontece, tenho o confiável botão BLOCK. Felizmente, a maioria dos posts são positivos, muito fofos e de apoio.

Só espero que Alyssa pense que valho a pena no meio de toda essa confusão.

— O vídeo da gente se beijando caiu na internet — aviso antes de passar pela porta do quarto de Alyssa.

Ela levanta uma sobrancelha para mim quando entro, depois fecha a porta.

— Oi pra você também.

— Desculpa. — Sento no sofá e puxo os joelhos para baixo do queixo, abraçando as pernas. — Estou um pouco surtada.

Alyssa senta a meu lado e ajeita uma mecha de cabelo cor-de-rosa atrás da minha orelha.

— Conversa comigo.

Jogo a cabeça para trás e suspiro.

— Está na internet. Twitter, Facebook, Tumblr, blogs de fofoca. Somos trending em todas as redes.

— Eu sei. Já vi. E daí?

Olho para ela sem esconder a surpresa com sua calma.

— Bem, agora não é exatamente um relacionamento dos mais privados.

Ela sorri para mim.

— Nunca seria completamente privado.

— Eu sei. Mas esperava que a gente pudesse ter pelo menos este fim de semana, sabe? — Pelo menos a SupaCon. Eu só... estava torcendo pra não ter que passar por tudo isso de novo.

Ela se encosta no braço do sofá e parece magoada.

— Ei. A situação não é igual. De jeito nenhum.

Seguro a mão dela.

— Não foi isso que eu quis dizer. É que alguns fãs se sentem traídos. Eles amam Chase. E acho que minhas aparições com Reese neste fim de semana os animou, e agora que tudo isso foi revelado, alguns estão muito revoltados.

Ela solta minha mão e cruza os braços.

— Estão revoltados? Por quê?

Balanço a cabeça.

— Não tem nada a ver com você. É porque você não é Reese. Uma parte do fandom só quer me ver com ele, e agora que eles sabem que isso nunca vai acontecer, começou a retaliação.

Ela dá de ombros.

— Eles vão superar. — Um sorriso estende seus lábios. — E acho que não ser o Reese é um ponto positivo.

Dou risada e concordo balançando a cabeça.

— Não é só isso — falo, e respiro fundo. — Isso me deixa nervosa. Depois de toda atenção que recebi do público, levei muito tempo pra me recuperar.

Uma lágrima escapa, e eu a recolho com o polegar.

— Eu sentia que a culpa era minha. Que não tinha sido boa o bastante. Passei meses tentando entender por que ele havia escolhido outra pessoa, não eu, tentando descobrir o que tinha feito de errado, por que *eu* era errada. Olhava para o espelho todas as manhãs e procurava aquela parte minha que era tão indigna de amor que ele havia sentido necessidade de trair. E durante semanas, não contei a ninguém que me sentia assim, porque tinha muita vergonha de estar sofrendo por um cara. Se não fosse por Taylor e Jamie, acho que não teria saído daquele pesadelo.

Alyssa e eu nos encaramos, e nós duas choramos em silêncio.

— Escute — ela diz —, não tem nada de que se envergonhar. Apaixonar-se é um risco. Eu te conheço o suficiente pra saber que quando faz alguma coisa, põe todo seu coração nisso. E ter o coração pisoteado desse jeito... você não merecia. Normal que tenha sofrido. Todo mundo desmorona de vez em quando.

Inspiro profundamente.

— Acho que estou com medo porque há milhões de olhos em nós agora. Não quero passar por isso de novo.

Ela me encara com a testa franzida.

— Quer terminar antes de começar? É isto que está acontecendo?

Limpo o rosto e balanço a cabeça.

— Não. Não quero. Não quero *mesmo*. Mas se você não quer enfrentar toda esta loucura, preciso saber agora. Não quero envolver você nesta confusão. Estou presa no Chase por mais algum tempo, pelo menos. Mas você não precisa ficar.

Ela olha para mim com os olhos meio fechados.

— Aí é que está. Eu sei que não *preciso* ficar. Eu *quero* ficar. Gosto de você, Charlie. Aprendi há muito tempo que o que outras pessoas pensam sobre mim é problema delas, não meu. Eu aguento. — Ela se aproxima e toca meu joelho. — Só preciso saber... e você?

Inclino a cabeça para o lado.

— Hã?

Ela abaixa a cabeça, endireita os ombros, depois olha para mim de novo.

— Entendi que está traumatizada. De verdade. Não quer que a opinião de outras pessoas determine sua vida. Eu também não quero. Mas também já sofri traumas. Fui a garota que tinha que guardar segredo, e foi a coisa mais dolorosa que já vivi. Não quero me esconder do mundo. E principalmente, não vou permitir que ninguém mais me esconda. Por mais que eu goste de você, se quer me esconder por algum motivo, eu paro por aqui. Odeio ter que te dizer isso, Charlie, mas eu não sou Reese Ryan. Não vou fazer joguinhos com você. Se ainda não consegue separar sua história com ele de um futuro comigo, talvez não esteja pronta pra isso. Mas precisa me dizer. Tem que me falar se continua ou para por aqui.

Lágrimas fazem meus olhos arderem.

— Continuo.

Ela fecha um pouco os olhos e me encara.

— Tem certeza?

Assinto, mas o medo deve ser evidente em meu rosto, porque ela balança a cabeça.

Põe a mão sobre a minha, depois a solta e fica em pé.

— Acho que temos que dar um tempo. Você tem algumas coisas pra resolver. Talvez seja melhor ir agora. Vejo você à noite.

Saio do quarto, mas as palavras dela me acompanham, pairam na minha cabeça e partem meu coração. *Não vou permitir que ninguém mais me esconda… Separar sua história com ele de um futuro comigo…*

As palavras ficam girando e girando na minha cabeça enquanto espero o elevador.

CAPÍTULO 27

TAYLOR

JAMIE E EU ESTAMOS DEITADOS NA CAMA, COM AS SOBRAS DE UMA pizza de queijo ao lado e *Clube dos cinco* na televisão.

— Quem é seu preferido no clube? — ele pergunta.

Nem preciso pensar para responder.

— Allison. O caso perdido. E você?

— Não é óbvio? — Ele ri. — Bender. O rebelde.

Dou risada.

— Na verdade, ele é o criminoso. Além do mais, a grande lição de vida que todos eles aprendem no castigo não é que todo mundo tem sua bagagem e que eles são mais parecidos que diferentes?

Charlie entra no quarto. Ela nos vê deitados juntos na cama e cobre os olhos com a mão.

— Ai, meu Deus! Estou interrompendo alguma coisa? Vamos precisar de um sistema novo. Especialmente se formos morar juntos no ano que vem.

— Charlie! — digo. Jamie e eu rimos da reação animada. — Relaxa. Estamos só vendo um filme.

Ela espia por entre os dedos.

— Ah, tudo bem.

Seus olhos estão vermelhos de chorar, e eu me sento assustada.

— Charlie? O que aconteceu com Alyssa?

Ela senta na cama e chora.

— Acho que estraguei tudo.

Jamie e eu deslizamos pela cama e sentamos um de cada lado dela, abraçando-a com força. Ouvimos enquanto ela conta tudo: o vídeo, Mandy, Reese e a conversa que ela teve com Alyssa.

Charlie esfrega a mão no rosto e geme.

— Este fim de semana não foi como eu queria que fosse. Tinha muita coisa que eu queria provar a todo mundo, e sinto que agora tudo é só uma grande confusão. E de novo, tudo público.

Balanço a cabeça.

— Você não precisa provar nada pra ninguém. Sei que os últimos seis meses abalaram sua confiança, mas você tem que acordar. A percepção que tem de si mesma está deturpada pela opinião de todo mundo. Isso é relativamente normal para a maioria das pessoas, mas não é normal pra *você*. — Respiro fundo, torcendo para minhas palavras ajudarem. — Desde que a gente se conheceu, você sempre foi autoconfiante e independente. Sempre teve essa energia. Ela diminuiu um pouco no último ano, mas está voltando. Mais forte que nunca.

Ela comprime os lábios formando uma linha, e seus olhos perdem o foco, como se olhasse através de mim para alguma lembrança distante.

— Você acha?

— Eu *sei*. Não chegou tão longe por causa de outras pessoas, mas de você mesma. Começou do nada, construiu seu canal, fez aquele filme, tudo sem Reese. As pessoas não amam você porque namorou um astro do cinema. Elas amam você por ser quem é sem se desculpar por isso. Pare de colocar tanta pressão em cima de você mesma pra sair da sombra dele. Você nunca esteve à sombra dele. Você tem luz própria. — Afago a mão dela para reforçar a mensagem.

Jamie assente.

— Tay está certa, e acho que Alyssa também está. Se quer ficar com ela, tem que parar de esperar que tudo acabe mal como acabou com Reese.

Apoio a cabeça em seu ombro, e ela respira fundo ainda abalada.

— Não acredito nisso — diz. — Passei toda a SupaCon tentando mostrar aos outros que ele não me destruiu, mas isso ainda faz tudo ter a ver com ele, não é? Preciso parar de me esforçar tanto. Odiar Reese tanto assim só tem me machucado. E tentar mudar a percepção que o público tem de mim não serviu pra nada além de me deixar exausta. Tenho deixado meu poder nas mãos dos outros. Sei que Alyssa está certa. E sei que quero descobrir se o que temos é *alguma coisa*, mas isso me... — ela sussurra a conclusão — assusta.

Levanto a cabeça e olho para ela, sem saber se ouvi direito. Talvez seja ingenuidade minha, mas nunca pensei que Charlie pudesse ter medo de alguma coisa.

Sorrio para ela e digo:

— Bem, sou especialista em sentir medo, posso garantir que você não está sozinha nessa. Mas se este fim de semana provou alguma coisa pra mim, foi que o medo nem sempre significa parar. — Sufoco uma risadinha. — Muito brega? Achei péssimo.

Jamie e Charlie riem, e o clima no quarto fica mais leve. Charlie enlaça minha cintura com um braço e me puxa para perto.

— Obrigada, Tay — diz. Depois olha para os pedaços de pizza na caixa sobre a cama e ri. — Hum, adoro pizza... — E pega uma fatia, morde e mastiga com alegria, depois levanta de repente e pega alguma coisa no bolso. — Quase esqueci!

Ela faz um ruído esquisito e segura três pedaços de papel brilhante.

— O que é isso? — pergunto.

— Isto — ela responde, e olha para os papéis com uma expressão de voracidade — é aquela credencial VIP para, atenção, a after-party da SupaCon!

Jamie e eu levantamos tão depressa que quase caímos de volta.

— O quê?

Ela ri como Cheshire, o gato da Alice, e confirma com um movimento rápido de cabeça.

— É isso aí! Mandy conseguiu pra mim como um pedido de desculpa. Acho que é o lado positivo dessa história de vídeo vazado. Então, meus dois melhores amigos no mundo todo, hoje vamos arrasar com o quem é quem da SupaCon!

Subo na cama e cubro a boca com as mãos.

— Sabe o que isso significa? — grito. — Skyler vai estar lá! Vou conhecer a Skyler!

Charlie sobe na cama e Jamie se junta a nós, e começamos a surtar.

Pulamos na cama e espalhamos pedaços de pizza por todos os lados, mas não ligamos para a bagunça que estamos fazendo. Bagunça não é ruim, desde que tenha alguém para dividi-la com você.

Descemos pra dar uma última volta pelo pavilhão da convenção antes do encerramento, e às cinco da tarde voltamos para o quarto e começamos a nos arrumar. Jamie veste uma camiseta nova e assiste a *Breaking bad* enquanto Charlie e eu dominamos o banheiro. Sento na beirada da banheira, enquanto Charlie passa delineador.

— Então, vai me contar sobre o encontro de ontem à noite, ou vai me fazer esperar pra sempre?

Ela sorri.

— Pensei que não ia perguntar nunca. Tay, ela é demais. Nunca conheci ninguém como ela. Alyssa me levou ao fliperama da SupaCon pra gente jogar com toda a privacidade. Depois comemos pizza e bebemos Coca em taças de champanhe. Foi a mistura perfeita de romance e diversão.

Ela fica iluminada quando fala de Alyssa, e eu sorrio pensando em como tudo isso é fofo.

— Imaginei que tinha sido legal quando você não voltou para o quarto ontem à noite.

Ela levanta os ombros, fica vermelha e suspira.

Dou risada.

— Tão bom assim, é?

— Aham. Até as lembranças são pura glória.

— Uau. Não vou mentir. Estou com um pouco de inveja.

Ela ri.

— Bem, a menos que eu resolva tudo isso com Alyssa, não vai haver nada pra invejar e... espere aí. Você e Jamie não...?

Balanço a cabeça, sentindo o nervosismo no estômago.

— De jeito nenhum. Acho que até poderíamos, mas eu estava muito nervosa. Não sei se já estou pronta pra isso. Ainda estou me acostumando `a beijar o Jamie.

Ela balança a cabeça como se soubesse exatamente o que quero dizer.

— O nervosismo é normal. E não tem pressa. Tem que fazer o que sente que é certo pra você.

Sexo sempre foi muito mais complicado para mim do que para a Charlie. Ela se sente muito confortável com sua sexualidade e seu corpo.

— Eu invejo a facilidade com que consegue se abrir pra alguém.

Ela dá uma gargalhada alta.

— Sem trocadilho.

Fico vermelha, e ela ri de novo.

— Não vou dizer que é fácil. No começo fiquei nervosa com Alyssa.

— Ah, é?

— É claro! Não era só minha primeira vez com ela, mas era a primeira vez com uma menina. Eu tremia de nervoso. Mas fomos com calma, e ela me perguntou várias vezes se estava tudo bem. Eu sabia que poderia parar, se quisesse, e ela entenderia. Eu me senti segura. Não teria feito nada, se fosse diferente.

Balanço a cabeça e mordo a boca.

— Você se arrepende de ter transado com o Reese?

Ela pensa um pouco.

— Não. Naquele momento eu senti que era certo. Eu queria. Você me conhece, eu não me arrependo de nada. Por quê? Acha que vai se arrepender de dormir com o Jamie?

— Se acontecer antes de eu estar preparada, sim. Fisicamente, estou totalmente pronta. — Fico meio encabulada por estar falando disso, e olho para o chão. — Mas mentalmente, ainda preciso de um tempo pra me preparar.

— E tem o direito de esperar o tempo que quiser. Não esqueça.

— Não vou esquecer.

Ela passa o pincel de sombra na pálpebra mais uma vez e recua para avaliar o resultado.

— Eu devia gravar mais tutoriais de maquiagem para o canal.

— Seria ótimo. — Empurro os óculos para cima, admirando sua beleza. O delineador preto ficou perfeito, mais grosso e puxado para cima no canto externo para dar aquele efeito gatinho.

Levanto e estudo meu reflexo. Tenho algumas espinhas no queixo, que prefiro cobrir, para o caso de conhecer Skyler, mas não gosto de sentir a maquiagem na pele, e o corretivo de Charlie é escuro demais para o meu tom claro.

— Você está linda — Charlie comenta, olhando para mim com cara de quem sabe em que estou pensando.

Sorrio para ela.

— Obrigada. Você também.

Ela joga o cabelo para trás com exagero e suspira.

— Eu sei. — Depois ri e passa um braço sobre meus ombros. — Obrigada, Tay. Amo você. — E beija meu rosto.

— Também te amo.

Abro o pote do meu produto para cabelo e mergulho os dedos nele, espetando as mechas curtas e puxando tudo para trás para criar um topete. Paradas lado a lado na frente do espelho do banheiro, parecemos muito diferentes. Ela está glamorosa no minivestido vermelho do Homem de

Ferro, que tem um reator arc brilhando. Ela espalha o batom vermelho movimentando os lábios um contra o outro.

Quero me sentir eu mesma quando conhecer Skyler, por isso estou de jeans, uma das minhas camisetas novas da Rainha Firestone e meu tênis Converse turquesa com cadarço de arco-íris. Decido usar o sobretudo também, caso eu consiga um autógrafo da Skyler nele.

Enlaço a cintura de Charlie com um braço e sorrio para nosso reflexo.

— Estamos ótimas.

Ela sorri e bate o quadril no meu.

— Dã. — Charlie me estuda por um momento, e eu evito seu olhar, porque me sinto meio acanhada. — Obrigada — ela diz. — Por me incentivar sempre. Lamento não ter podido ficar e estar com você quando precisou de mim hoje.

Dou de ombros.

— Tudo bem. Você sabe que não gosto de falar sobre essas coisas mesmo.

— Estou orgulhosa de você. Se consegue subir naquele palco em toda sua glória de fã e ser exatamente quem é, eu também posso. Sei que consigo esclarecer as coisas com Alyssa. Só preciso mostrar a ela que estou na relação, de verdade. — Ela pensa por um minuto, depois sorri. — Tenho uma ideia.

Entramos na festa como se fôssemos Derek Zoolander.

— Lá está Alyssa! — aviso Mandy, e ela corre para a cabine do DJ para pôr em prática o plano de Charlie. Logo ela levanta os polegares para mim e Jamie. Um segundo depois, as várias telas de TV nas paredes escurecem. E então, num piscar de olhos, o rosto de Charlie aparece nelas.

O silêncio invade a sala e todos os olhos se voltam para as televisões. Charlie inspira profundamente, e eu também. Embora saiba como vai ser o vídeo, porque estava no quarto quando ela o filmou uma hora antes, estou muito nervosa. Ela sorri, e então começa o discurso emocionado.

— Bem, a essa altura, todos vocês já sabem o que aconteceu. Caso você seja um dos poucos que não sabe: um momento privado entre mim e alguém de quem gosto foi postado acidentalmente no meu canal. E está nos trending. O gif está em todos os lugares. Os sites de notícias estão escrevendo artigos sobre isso. Acho que zeramos a internet. Sei que as pessoas estão comentando isso no mundo todo.

Ela para e suspira.

— É o seguinte: as pessoas vão falar de mim, não importa o que eu faça. As pessoas vão cuspir julgamentos e opiniões sobre o que eu visto, com quem estou, o que falo, tudo isso. E por um tempo, isso foi tudo com que me importei. Agora? Nem tanto. Tenho bons amigos. — Ela faz uma pausa e desvia os olhos da câmera, olha para mim e Jamie no quarto de hotel. — E eles me fizeram ver o que realmente importa. E alguém que conheci recentemente disse uma coisa que não consigo tirar da cabeça: ela me disse que não quer passar o resto da vida se escondendo por medo da opinião dos outros. Na verdade, tem muitas coisas sobre essa pessoa que não consigo tirar da cabeça.

Ela abre o sorriso mais doce antes de continuar.

— Enfim, eu me recuso a passar a vida tão consumida por ódio, raiva e preocupação com o que os outros pensam a ponto de não conseguir ser feliz. — Lágrimas fazem seus olhos brilhar, e ela tenta escondê-las jogando o cabelo para trás. — Então, já que hoje sou o assunto do mundo virtual, pensei: por que parar por aí? E aqui estou eu. Sim, estou diante da câmera para três milhões, novecentas e cinquenta e duas mil pessoas, mas estou falando com uma só: você deu um tempo pra eu poder me entender. Bem, estou aqui, e entendi tudo. Você não quer jogar. E a única coisa que quero jogar com você é videogame. Estou dentro. Estou *muito* dentro. Se quiser continuar, estou esperando com as fichas. — Ela mostra as fichas de fliperama e ri, e em seguida a tela fica escura. A festa explode em aplausos, mas a única pessoa para quem estou olhando é Alyssa.

Ela está no centro da sala, ainda olhando para uma das telas. Mas está com o maior sorriso que já vi. E depois ela se vira e corre para fora da sala, enquanto seus amigos assobiam, gritam e batem palmas.

Dou um soco no ar e grito:

— Isso!

A música explode e a festa prossegue.

Escuto alguém me chamar pelo nome, eu me viro e vejo Brianna andando em minha direção com os braços abertos.

— Que bom te ver! — ela diz ao me abraçar. — Tudo bem? Não consegui te encontrar depois do concurso.

— Tudo ótimo! — respondo. — O que está fazendo aqui?

— Ah, eu... ganhei o concurso, lembra?

— Ai, meu Deus! É verdade! — E a abraço de novo. — Parabéns novamente!

— Obrigada. — Ela parece aliviada por me ver feliz com sua vitória. — Quero te apresentar uma pessoa.

Brianna vira e acena para alguém que não consigo ver no meio de tanta gente. Quando vejo, de início não consigo acreditar. É como um sonho. Ela parece deslizar em minha direção em câmera lenta, o cabelo ruivo e longo flutuando sobre os ombros, o vestido azul tremulando. Ela para na minha frente, olha para mim e sorri.

— Oi! Você deve ser a Taylor! — E estende a mão. — Skyler Atkins.

Estou de boca aberta. Meu coração para de bater, e nem pisco por medo de que ela desapareça. Demoro alguns segundos para me recuperar.

— Oi? — respondo, mas o tom é mais de pergunta do que de cumprimento. Percebo a mão dela estendida e a aperto, sacudindo com um entusiasmo excessivo.

Ela sorri para mim.

— É engraçado! Brianna estava falando comigo sobre você, e agora você está aqui!

Dou risada e levanto as mãos.

— Estou aqui!

Brianna ri.

— Eu estava contando pra ela como você me salvou de abandonar o concurso.

Sorrio e concordo balançando a cabeça, mas não consigo lembrar de como fazer outra coisa. Skyler Atkins está bem na minha frente. Olhando para mim. Sorrindo para mim. Falando comigo.

— Brianna me contou como você a ajudou — diz Skyler, se inclinando para eu poder ouvi-la em meio à música alta. — Acho incrível ver mulheres ajudando outras mulheres, e você ter ajudado Brianna, embora mal a conhecesse e fosse sua concorrente, é inspirador.

— Você é a inspiradora! Rainha Firestone ajudou a construir quem eu sou. O mundo que você criou me ajudou a superar os momentos mais difíceis da minha vida.

— Ah, é muito gentil você dizer isso! É muito importante ouvir essas coisas. Muito obrigada. — Ela está vermelha.

Skyler Atkins está vermelha. E eu sou a causa desse rubor. Estou me esforçando para manter a calma, mas já me sinto entrando em modo fangirl.

Skyler pergunta:

— Você é australiana?

— Sim!

Ela toca meu braço com entusiasmo.

— Eu sabia! Percebi pelo sotaque. Adoro a Austrália! É um país lindo.

— Obrigada! — respondo, como se fosse a única responsável pelas qualidades estéticas de meu país.

Ela bebe um pouco de vinho.

— Na verdade, vou pra lá em dezembro para a próxima estreia de Firestone. Não quer ir ao evento?

Meu queixo quase bate no chão, e minha língua desenrola como um tapete vermelho.

— Sério?

— Sério! Vai! Leva seu amigo. — Ela aponta para um ponto atrás de mim, e de repente lembro que Jamie existe. Olho pra trás e o vejo de olhos arregalados, sorrindo para Skyler, tão deslumbrado quanto eu.

— Ai, meu Deus! — Eu o puxo para perto de mim. — Desculpa. Devia ter feito as apresentações. Este é Jamie, meu... — paro, porque ainda não tivemos essa conversa. Aquela em que vamos decidir se somos namorados.

Jamie sorri para mim, depois estende a mão para Skyler.

— Sou o namorado dela.

Fecho a boca para sufocar um gritinho. Meu coração palpita quando o escuto dizer a palavra *namorado*. Adoro o som.

— Oi. — Skyler aperta a mão dele. — É muito bom te conhecer.

Ele sorri e assente, e me sinto muito melhor em relação à minha timidez desajeitada diante da rainha em pessoa. Skyler é tão simples e legal que quase esqueci que ela é uma superstar.

Vejo Josie falando com alguém do outro lado da sala e corro para ela.

— Josie!

Ela me abraça.

— Taylor! Não sabia que estava aqui. Está curtindo?

Meu sorriso é tão largo que as bochechas doem.

— Porra, sim! Olha! — Aponto para Skyler com o polegar, e vejo Josie abrir a boca de espanto. — Acabei de conhecê-la. Ela é ainda mais incrível do que eu imaginava.

— Você *conheceu* Skyler?

Sorrio orgulhosa.

— É! Quer ir dar um oi?

Ela hesita por um instante, depois balança a cabeça aceitando o convite. Seguro a mão dela e corremos pela pista de dança. Eu a apresento a Skyler, e em minutos estamos conversando e rindo como se fôssemos amigas há anos.

"Happy", do Pharrell, começa a tocar, e Skyler dá um gritinho.

— Adoro essa música! — Ela segura minha mão, me puxa para a pista, e nossos amigos nos seguem. Dançamos e dançamos até meus pés doerem, e depois dançamos ainda mais. Olho para Jamie e o puxo para perto pela camiseta, beijando sua boca. Ele sorri para mim de um jeito provocante, pega minha mão e me faz girar. Depois me enlaça pela cintura, e balançamos juntos no ritmo da canção.

— Acho que não dá pra ficar melhor que isso — ele cochicha no meu ouvido.

— Tem razão.

Olho para Skyler, que está dançando desajeitada, de olhos fechados e com um sorriso bobo no rosto.

Dou risada e falo para Jamie.

— Olha! Ela é tão esquisita quanto nós!

Ele olha para Skyler e ri.

— Eu sabia! Ela é muito legal pra não ser esquisita.

Uso meu melhor sotaque americano.

— Nós somos os esquisitos, senhor.

Ele levanta uma sobrancelha:

— *Jovens Bruxas*.

Subo na ponta dos pés para cochichar no ouvido dele.

— Podemos ser esquisitos juntos pra sempre?

Os olhos de Jamie passeiam por meu corpo, e sinto uma onda de calor. Ele sorri.

— Porra, sim.

CAPÍTULO 28

CHARLIE

ESPERO NERVOSA NO MEIO DO PAVILHÃO DESERTO, SEGURANDO AS fichas. As luzes do fliperama piscam à minha volta, mas parecem muito distantes. Só consigo pensar no que está acontecendo lá em cima. A *after-party* da SupaCon está acontecendo na cobertura, mas estou aqui. Sozinha. Esperando.

O vídeo já deve ter acabado. Imagino Alyssa na festa. Queria saber se sorriu quando me viu na tela. Espero que esteja vindo para cá.

O rangido de uma porta ecoa no pavilhão, seguido por passos abafados. Meu estômago pula para a garganta e prendo a respiração, sem querer alimentar esperanças. Ela pode estar a caminho para dizer sim ou partir meu coração. Não saberei até ver a cara dela. Os passos se aproximam cada vez mais, e então a vejo virar uma esquina. No momento em que nossos olhares se encontram, ela para de correr. Não respiro. Um sorriso ilumina o rosto dela.

Nesse momento sei que ela está comigo.

Está acontecendo.

Ela anda depressa em minha direção, sorrindo mais a cada passo. Quando me alcança, levanta uma sobrancelha e diz:

— Quer jogar?

E antes que eu consiga responder, ela segura meu rosto com as duas mãos e me beija. Meus braços caem junto do corpo, e as fichas se espalham pelo chão. Abraço Alyssa, colo o corpo ao dela.

Uma faísca desce por minhas costas. Estou me apaixonando por essa garota mais rápido que a velocidade da luz. É assustador… mas é o tipo de medo que quero sentir mais. Muito mais.

Alyssa me empurra com delicadeza, e eu recuo até meu corpo encontrar a máquina do *The Rising*. Só consigo ouvir o som da minha pulsação rápida enquanto o beijo continua. Deixo a mão descer pelas costas dela e a puxo para mais perto, querendo mais.

Sinto seu sorriso em meus lábios.

— Quer ir comigo à after-party?

Sorrio de volta.

— Estou dentro.

Meus olhos estão fechados. O ritmo pulsante vibra nos alto-falantes e em meu corpo, fazendo meus ossos tremerem. Meus saltos batem na pista de dança muitas e muitas vezes. Meus quadris balançam. Minha cabeça também. Os lábios estão esticados num sorriso. O calor de todos os corpos à minha volta é palpável, me faz suar. Eu a sinto perto de mim. Seus quadris balançam com os meus. As mãos estão nos meus ombros, nas costas, na cintura.

E quando abro os olhos, lá está ela.

Seus olhos estão fechados. Ela se move com a música como se a criasse, uma nota de cada vez. Como se sentisse meu olhar, Alyssa abre os olhos. E lá está aquele sorriso. O sorriso que revela tudo que ela está pensando. Tudo que sente. Tudo que quer.

Chego perto dela. Deslizo os dedos por seu corpo, desço e subo, toco seus lábios. Ela levanta uma sobrancelha, me desafiando a continuar. E eu nunca fugi de um desafio. Passo os braços em torno de seu pescoço e a puxo para mim, colo minha boca à dela. Misturo meu batom vermelho com o dela, cor de ameixa.

Beijá-la faz meu coração explodir.

Por isso não paro, nem mesmo quando a música acaba. Não estou preocupada com quem pode nos ver. Tem fotógrafos aqui. *TMZ*. *Entertainment Now.* Gente com câmeras e celulares, pessoas prontas para tirar fotos para os fandoms. Posso ver os flashes mesmo de olhos fechados. Mas não me importo.

A mídia, os que defendem Chase, todo mundo pode falar o que quiser de mim. Podem publicar nos blogs que eu deveria estar com Reese. Podem postar no Twitter. À vontade.

Meus verdadeiros fãs querem que eu seja feliz.

E basta olhar para mim agora, nesse momento, para saber que estou feliz. Não vou deixar a opinião de outras pessoas me impedir de ser feliz de novo. Paramos de nos beijar, e sinto dedos entrelaçarem-se nos meus, puxando minha mão. Eu me viro e vejo Tay me puxando da pista com um sorriso radiante. Eu me deixo levar, porque ela é minha melhor amiga, e sei que, seja qual for o lugar que me leve, vai ser ótimo.

Ela aponta para o outro lado da festa.

— Olha!

Dou risada.

— Sim! Precisamos disso! Simplesmente precisamos disso.

Corremos para a cabine de fotos e pulamos lá dentro, experimentando uma coleção de perucas, óculos e gravatas-borboleta. Tiramos mais de vinte fotos juntas, rindo e nos abraçando, e é o momento mais divertido de nossa vida. Logo Jamie, Alyssa e as novas amigas de Tay, Brianna e Josie, se juntam a nós. Até Skyler Atkins entra na brincadeira, se espremendo na cabine com a gente. Somos uma confusão de risadas e sorrisos.

Enquanto esperamos a impressão das fotos, Tay me dá um abraço.

— Obrigada por ter me trazido aqui. A SupaCon mudou minha vida, literalmente.

Eu a abraço com força.

— Não foi nada, TayTay. Obrigada por ter vindo.

Ouvimos o som das fotos caindo na gaveta, e rimos ainda mais quando as examinamos.

— Parecemos os maiores esquisitos do mundo — eu falo.

Tay sorri orgulhosa.

— Nós *somos* os maiores esquisitos do mundo.

Jamie a abraça por trás e olha as fotos por cima de seu ombro. Alyssa me envolve com um braço. Skyler, Josie e Brianna estão rindo de como parecemos ridículos nas fotos.

Os olhos de Taylor brilham.

— O que quer que aconteça, sempre teremos estas fotos. Quando Charlie estiver no tapete vermelho em Los Angeles, quando as fotos de Jamie enfeitarem as paredes de todas as galerias, quando minhas histórias estiverem nas prateleiras ou nas telas, sempre teremos isto. — Ela afaga o braço de Jamie. — E saberemos que agora, nesse momento, fomos felizes. Somos felizes.

A festa vai até tarde da noite. Quando o sol nasce, Alyssa e eu estamos na varanda, admirando o céu alaranjado.

Apoio os braços na proteção de vidro e suspiro.

— Se eu pudesse escolher um fim de semana pra viver de novo e de novo, tipo *Feitiço do Tempo*, seria este.

Alyssa ajeita meu cabelo atrás da orelha com carinho.

— Eu também.

Olho para trás e vejo Jamie e Taylor dormindo abraçados em um sofá. Sorrio orgulhosa.

Alyssa segue a direção do meu olhar.

— Eles são muito fofos juntos.

— São os mais fofos.

Ela levanta uma sobrancelha.

— Não sei…

Ela passa um braço sobre meus ombros e beija minha testa.

— Não consigo acreditar que estou aqui com você.

Rio alto.

— Ah, não. Quem não acredita nisso sou eu!

O sorriso de Alyssa mostra aquela covinha linda.

— Você é minha crush há uns dois anos. — Ela segura minha mão. — Desde aquele vídeo que fez no aniversário de vinte anos de casamento dos seus pais. Você contou como eles se conheceram na universidade em Pequim e depois se mudaram para a Austrália. E como sua mãe é uma rebelde e professora de ciências, e seu pai é um gerente de contabilidade com um coração de ouro. Seus olhos brilhavam com as lágrimas. Foi lindo.

— Ai, meu Deus! Eu tinha esquecido isso!

— Eu não. Dá pra ver que sua família é muito importante pra você.

— É, sim. Vai ser difícil morar longe deles no ano que vem.

Ela inclina a cabeça de lado.

— Para onde vai?

— Venho pra cá. Bem, para Los Angeles. Profissionalmente, é o melhor lugar pra mim. Pensei nisso durante um tempo. Jamie e Tay vão comigo. Vai ser incrível.

Ela sorri e abaixa um pouco a cabeça.

— Sabe… eu moro em Los Angeles.

— Sei disso há algum tempo, na verdade.

Ela ri.

— Então, talvez a gente possa se ver. Posso te mostrar a cidade, ajudar na adaptação.

— Seria ótimo.

— Quando pretende mudar?

— Só no ano que vem. Talvez janeiro. Quero me formar primeiro e passar o verão com minha família.

— Legal. — Ela umedece os lábios e me observa atentamente enquanto diz: — Estava pensando... faz tempo que não tiro férias. Talvez vá passar uma ou duas semanas na Austrália em breve. Talvez em Melbourne.

Sorrio.

— Sabe... eu moro em Melbourne.

— Sei disso há algum tempo, na verdade.

— O tempo agora é péssimo por lá. Meio do inverno, sabe?

Ela ri.

— Não vou pra lá pelo clima.

Alyssa beija meu ombro, e os lábios tocam minha pele como asas de borboleta. Fico admirada com como minha vida mudou. O espetacular nascer do sol, aquele cansaço glorioso que estou sentindo, e essa garota ao lado. Comecei a SupaCon obcecada por mudar o jeito como as pessoas me viam, mas agora sei que nunca vou poder controlar o que os outros pensam.

Não é tarefa minha convencer os outros de quem eu sou. Minha única obrigação é *ser* quem eu sou. Tudo que posso fazer é descobrir o que me faz feliz e viver tudo isso.

— Estou gostando muito disso — comento. — Tudo é muito mais fácil quando não estou paranoica com o que as pessoas pensam.

— Viu? É um jeito bem zen de viver. E inteligente, porque, fala sério, quando você olha para o panorama geral das coisas, que importância tem o que pensam ou falam sobre você? — Ela aponta para o céu, para as estrelas que aos poucos vão dando lugar ao sol. — Tipo, lá em cima, a uns cinco mil anos-luz de distância, tem uma maravilha do universo chamada a Rosa de Unicórnio. A NASA publicou imagens lindas de telescópio há uns dois anos. É uma confusão de rosa, azul, estrelas e espirais. Sempre que me envolvo com coisas pequenas como fofocas, boatos, ou a vida de maneira geral, olho pra cima e penso na Rosa de Unicórnio. O que quer que aconteça, ela é uma beleza constante que sempre vai estar brilhando lá em cima. Tem alguma coisa em saber que ela está lá, silenciosamente milagrosa, que sempre faz com que me sinta melhor. Ela me faz lembrar o que é importante, e o que não é.

Olho para ela fascinada.

— Você é meio uma Rosa de Unicórnio.

Ela balança a cabeça.

— Não… não fico em silêncio sobre como sou milagrosa.

Sorrio.

— Que bom, porque eu também não.

CAPÍTULO 29

TAYLOR

RAINHADEFIRESTONE:

Sou programada com essa necessidade de sempre saber o que esperar.

Às vezes, essa necessidade é útil pra mim.

Outra vezes, dificulta tudo.

Há uma semana, achei que isso tinha que ser consertado.

Achei que eu precisava ser consertada.

Mas agora vejo as coisas de outro jeito.

Não preciso ser consertada.

Porque não estou quebrada.

Muitas coisas inesperadas aconteceram comigo na SupaCon.

Dei risada. Chorei. Eu me apaixonei.

Meus piores medos se concretizaram.

Assim como meus sonhos mais loucos.

Antes da SupaCon, eu achava que era só…

Medrosa.

Esquisita.

Desajeitada.

E estava certa.

Sou tudo isso.

E tudo bem.

Eu sou todas essas coisas.

Mas também sou…

Corajosa.

Heroica.

Nobre.

Não estou dizendo que nunca mais vou sentir medo.

Estou com medo agora. Ainda não superei isso.

Talvez nunca supere.

Talvez não tenha que superar.

Não estou dizendo que nunca terei dias ruins.

Dias quando a ansiedade vai me derrubar.

Terei esses dias. Essa é a vida real.

E às vezes a vida real é uma grande porcaria.

Enquanto tiver minha família, meus amigos e meu fandom…

Vou ficar bem.

Por mais que a vida fique complicada.

Porque tenho uma liga de super-heróis ao lado.

Alguns eu conheço há anos.

Outros acabei de conhecer.

Outros ainda que eu nunca vou conhecer.

Estou cercada por super-heróis.

E isso significa que devo ser uma também.

E todo mundo sabe que

Seja qual for a escuridão que tenham que enfrentar,

Heróis são destinados a vencer.

#EuSouAVerdadeiraRainha #FamíliaFandomEAmigos #Fim

AGRADECIMENTOS

Nunca vou poder expressar plenamente quanto sou grata a todos que me ajudaram a dar vida a este livro, mas vamos lá...

Primeiramente, obrigada a todo mundo na Swoon Reads por realizar meu sonho de ver este livro nas prateleiras. Em especial, obrigada a Jean Feiwel, Lauren Scobell, Anna Poon, Starr Baer, Rich Deas, Kim Waymer, Jo Kirby, Kelsey Marrujo, Emily Settle, Holly West, Teresa Ferraiolo, Janea Brachfeld, Madison Forsander, Kelly McGauley e Emily Petrick.

Obrigada, Liz Dresner, pelo design fabuloso. Tenho muita sorte por ter uma capa tão absolutamente linda que ainda não consigo parar de babar em cima dela.

Minha imensa gratidão à minha editora fantástica Christine Barcellona, pelo infinito apoio, pela sabedoria, pelo entusiasmo e por amar esses personagens tanto quanto eu. E é claro, mando arco-íris de gratidão a todas as pessoas que leram, votaram e avaliaram *Rainhas Geek* no Swoon Reads.

Sou eternamente grata aos leitores-beta que dedicaram tempo à leitura de *Rainhas Geek* e deram um retorno valioso: Katherine Locke, LeKesha Lewis, Lucy Mawson e Tara Doyle. Seus insights e incentivo me ajudaram mais do que vocês imaginam.

Um agradecimento especial a todos na Wattpad HQ. Tenho muito orgulho de fazer parte da família Wattpad Stars, e sou muito grata pelo apoio constante e pelas oportunidades que me deram.

A todos os wattpadders por aí, obrigada, obrigada, obrigada. Quando postei minha primeira história no Wattpad em 2012, não tinha ideia de que ela me traria até aqui. Mas posso afirmar que não estaria aqui sem vocês. Seu entusiasmo com as palavras imaginárias que escrevo me deu coragem para perseguir a carreira de escritora. Queria poder abraçar cada um e todos vocês.

Há uns dois anos fui à minha primeira convenção, e isso mudou minha vida. Nunca me senti mais em casa do que ali, cercada por cosplayers, geeks e toda aquela diversão do fandom. Então, a todas as fangirls, aos fanboys e a todo o pessoal que desfralda a bandeira geek e torna nossa comunidade divertida e acolhedora para todo mundo, obrigada. Vocês arrasam!

À minha família, por pensar que sou incrível durante todos estes anos, mesmo quando eu era um tremendo pé no saco. E em especial a meu irmão Rob, por falar comigo citando filmes desde que éramos crianças, muito antes de ser legal.

Por último, Mike. Não exagero quando digo que, se não fosse por você, eu seria uma insone faminta que nunca sai do computador. Obrigada por me lembrar de comer e dormir quando passo semanas e semanas hiperfocada em escrever uma história. E obrigada por ser o Jamie da minha Taylor, e por sempre garantir o molho de tomate na mesa.

LISTA DE MÚSICAS

"Happy", Pharrell Williams; BLM Records, 2013

"Run the World (Girls)", Beyoncé Knowles, Terius Nash, Adidja Palmer, Thomas Wesley Pentz, David Taylor, Nick Van De Wall; Columbia, 2011

"Shake It Off", Max Martin, Shellback, Taylor Swift. Big Machine Records, 2014

SOBRE A AUTORA

Jen Wilde é escritora, geek e fangirl com certo vício em café, livros e pugs. Ela escreve histórias de zumbis, bruxas e nerds. Sua série de estreia alcançou mais de três milhões de leituras on-line e se tornou um best-seller da Amazon.

Quando ela não está escrevendo, Jen adora assistir Netflix, comer pizza, viajar para lugares distantes e ir à convenções fazendo cosplay de Marty McFly.

Este livro foi composto em Fairfield LT Std e
impresso pela RR Donnelley para a Editora Planeta
do Brasil em junho de 2018.